文治
© wénzhì books

裂舌

[日] 金原瞳 著

秦岚 译

四川文艺出版社

裂舌

"裂舌，你知道吗？"

"什么？……哦，你是说给舌头分叉吗？"

"对，对，就像蛇和蜥蜴的舌头。人的舌头，也可以变成那样的。"

男人慢条斯理地把叼在嘴上的香烟取下来，伸出了舌头。他的舌头真的像蛇信子一样，舌尖分成两半。见我看了又看，他就把右侧的一边灵巧地翘上去，香烟就夹在两半舌头之间了。

"……不得了！"

裂 舌

这就是我和裂舌的头一次相遇。

"你不想改造改造你的身体吗？"

对蛇男的问话我下意识地点了点头。

"做裂舌的，主要是容易走火入魔那类人，用他们的话说叫作'身体改造'。裂舌的步骤是先给舌头挂上环，逐渐地把穿的洞扩大，留出的舌尖部分用牙线呀鱼线什么的系上，再用手术刀或者剃刀把舌尖部分割开。这样，裂舌的全过程就完成了。"

他给我讲述了裂舌的程序，说大多数人都是按这个程序做，个别省略挂环程序，直接上手术刀切的也有。

"那能行吗？咬断舌头，不就得死人吗？"

对于我的问题，蛇男轻描淡写地说："用烙铁一烫就止血了啊。这超便捷，但本人是先上舌环后割开的哦。从上舌环开始做呢，要花些时间，但是刀口，比直接下刀那种，要整齐漂亮些。"

我想象血葫芦似的舌头用烙铁烙上去那光景，两条胳膊上立刻瘆出一层鸡皮疙瘩来。

现在，我右耳朵上戴着两个0G耳环，左耳朵从下到上依次是0G、2G和4G的。耳环的尺寸是用量规来测量的，单位简单表示为G，尺寸的数字越小环就越粗。最开始上耳环，一般是上16G～14G的，比0大的尺寸是00，00之上的用分数表示。但是，坦率地说，如果超过了00G，就该是像某个民族的人，而不是好看不好看的问题了。扩大耳洞就够疼的了，在舌头上打孔、扩张会疼到什么程度，我无法想象。我原本只戴

裂 舌

16G耳环，在俱乐部认识了一个比我大两岁的女孩儿绘理，我是因为羡慕她的00G才开始扩张耳洞的。"啊，真漂亮！"我夸赞绘理的粗耳环。绘理说"我已经戴00G了，细的用不着了"，就把从12G到0G的几十个耳环都给了我。从16G到6G的扩张我没有觉得有什么难的，从4G到2G，再从2G到0G，可就让我饱尝扩张的滋味了。血从耳洞渗出来，耳垂又红又肿，两三天里火烧火燎地疼。到向0G扩张，竟花了三个月时间。绘理的信念是"不用扩张机"，我也承续了这个信念。就在我要向00G迈进的时候，裂舌抓住了我，是一个男人带着几分炫耀讲给我的。

裂舌

几天后，我和蛇男AMA来到了朋克[1]风格的DESIRE店。这家店在远离繁华区的地下街里。

AMA喊了一声，柜台里面便伸出了一颗头来。是一颗光头，锃亮的后脑勺上刺着一条圆形构图的龙。

"哎，AMA，好久不见了。"

是一个二十四五岁的朋克青年。

"RUYI，这是店长SHIBA。啊，她，我女友。"

毫不隐讳地讲，我并没有给AMA做女友的想法，但我没说什么，让SHIBA自己

1　这里的朋克指一种态度，或者指一种生存与思考方式，即对一切既成事物的破坏与否定。朋克精神的核心是反叛。——译者注，下同

去判断。

"哦，是吗，蛮可爱嘛。"

我略微有点紧张，又怎么也平静不下来。

"今天呢，想让你给她舌头打个孔。"

"哦，小姑娘也戴舌环？"

SHIBA看稀罕物似的看着我。

"我不是小姑娘。"

"她还说也想改造身体呢。"

AMA并不听我讲什么，在那里坏笑着说。记不得是什么时候了，我在一家饰环店里听说最疼的是上舌环。把这件事托付给这朋克老哥可以放心吗？

"来来来，小姐，让我看看舌头。"

我往柜台靠了靠，伸出舌头。

"嗯嗯，挺薄的，不会很疼。"

这句话让我松了一口气。

"可是呢，如果用烤肉作比，吃过烤肉的人都知道，除了牛百叶，就数牛舌头最嫩啦。"

我一直在想，在那么滑滑软软的舌头上打洞可怎么行啊。

"是啊小姐，和耳朵比，舌头上打洞更疼啦。嗯，是啊，在舌头上打洞嘛，那可真疼啊……"

"SHIBA，别吓唬她。别怕RUYI，我不是都做完了吗。"

"哈哈，AMA，你当时没疼晕过去吗？算了算了，过来吧。"

SHIBA指着柜台深处，带着点微笑看着我。我觉得这个人的笑容是歪斜的。SHIBA

的脸上，眼皮儿、眼眉、嘴唇、鼻子还有两腮都挂着环。脸被武装成这个样子了，还看得出什么表情啊。这还不算完，他的两只手的手背，都覆盖着一层光亮的硬皮。看到的最初一瞬我觉得是烫伤，可留神地一瞥之后，才发现那都是直径为一厘米大小的圆。是考验忍耐性灼烧的？简直是……简直是疯子！

我与这种人来往，AMA是第一个。这个叫SHIBA的呢，虽然没有裂舌，但是满脸的环让人很难接近。我和AMA一起进了里面的房间。SHIBA指了一下升降椅子。我坐下来，环视房间。有床，有我完全不认识的器具，墙上当然是很扎眼的照片。

"这儿，也刺青吗？"

"刺啊，我也是刺青师。这个呢，是别人给刺的。"

SHIBA说着指了指自己的光头。

"我就是在这儿刺的啊。"AMA说。

和AMA认识那天，关于身体改造我们聊得非常嗨，我被AMA带到了他的住处。AMA把他扩张舌孔和裂舌的全过程都拍了照片，我一张一张地仔细看。AMA的舌孔扩张到00G，舌尖用手术刀切开的部分也就只有五毫米，可是血流得惊人。AMA还把他裂舌的录像送到地下网站公开了。那个影像我反反复复看了好多遍，这让AMA很吃惊。为什么我会这么兴奋，我自己也搞不懂。那之后，我和AMA上了床。睡完觉，我一边敷衍着"帅吧""漂亮吧"地夸耀着自己从左上臂到后背上刺青龙的AMA，一边想"做完裂舌，我再去试试刺青"。

"刺青，我也想试试呢。"

"真的？！"

SHIBA和AMA同时惊叫起来。

"好啊！绝对会特漂亮！刺青这东西，比起男人来，女人刺起来绝对更漂亮，特别是年轻女人，皮肤细腻呀，可以刺得很精致啊。"

SHIBA一边摩挲我的臂膀一边说。

"SHIBA，舌环在先哈。"

SHIBA"啊啊，是啊"地应着，一边把手伸向铁架子，从上面的塑料袋里取出了打孔机。短枪型的，和我打耳洞的一样。

"伸舌头。在哪儿打？"

裂 舌

　　我对着镜子伸出舌头，指着从舌尖往里两厘米左右的中心部位。SHIBA手法熟练地用棉纸擦了我的舌头，在我指的地方做了一个黑色的记号。

　　"把下巴放到桌子上。"

　　我伸着舌头，按着吩咐低下身子。舌头下面垫上了毛巾。SHIBA把舌环装入了打孔机。突然，我两手敲打SHIBA的手腕，摇起头来。

　　"嗯？怎么了？"

　　"那环儿不是12G的吗？一开始就上这么粗的吗？"

　　"啊，是12G的呀。舌环从16、18上的人还没有吧？别紧张，不要紧的。"

　　"我上14的，求你了。"

011

裂　舌

　　我使劲儿地求，本来反对上14G的AMA和SHIBA都不再坚持了。可不是嘛，最初上耳环都是从14G或者16G开始的嘛。SHIBA把14G的环儿装入打孔机，又一次确认道："是这里吧？"我轻轻地点了点头，用力攥起拳头。我的手已经汗淋淋的了，湿乎乎的感觉好难受。SHIBA把打孔机竖了起来，机口抵在毛巾上，慢慢地夹住了我的舌头。舌头底部触到了金属，凉凉的。

　　"可以了吗？"

　　SHIBA用柔和的声音问我，我用上眼皮轻轻示意可以。"来了！"SHIBA小声地说了一句，手指就钩住打孔机的枪栓。就是那小小的一声，引得我在头脑里想象起SHIBA做爱时的情景。又是一声"咔嚓"，饰环脱离了打孔机。恢复自由的我，歪扭着脸把舌头收回到口中。

"让我看看。"

SHIBA把我的脸扳转向他，自己先做出伸舌头的样子。我含着眼泪，把麻木的舌头伸了出来。

"嘿，成了！上得很正，位置也没的说。"

"可真是！RUYI，太棒了！"

AMA插话进来，目不转睛地盯着我的舌头。我的舌头抽着疼，说一句话都超费时间。

"是叫RUYI吧？RUYI，你真忍得住疼啊。人都说女人忍耐力强，就是你这种。有人在舌头啊性器官这类黏膜上一打孔就晕过去呢。"

我点了点头，只用表情做了"是吗"的

裂舌

回答。尖锐的疼痛和钝重的疼痛交替地袭击我，可我不后悔来这里。来这里太好了。我原本想自己打孔，听AMA的话还是对了。如果是自己打的话，一定会中途变卦。我拿着冰块给舌头降温，一点一点地，情绪就安定下来了。完全安定后，我和AMA回到店中物色饰环。AMA看够了，就去卖SM[1]小物品的柜台转。我看见SHIBA从里面房间出来了，就向柜台靠过去。

"SHIBA先生，你是怎么看裂舌的呢？"

SHIBA "嗯？"了一声，歪着脑袋停顿了一下。

"和上饰环与刺青不一样，那是改变身

1　S 是 sadism 的头一个字母，施虐狂之意。M 是 masochism 的第一个字母，受虐狂之意。

014

体。我觉得这想法挺有趣，自己倒不想做，因为我认为改变人的身体是神的特权。"

SHIBA的话不知怎的很有说服力，我使劲儿地点了点头。我所知道的身体改造此刻都浮出脑海——缠足、束腰，还有长颈族什么的，牙齿矫正也属于身体改造吧？

"SHIBA先生，如果你是神，你会造什么样的人？"

"不改变形体啊，但是会做傻乎乎的人，像家鸡一样的傻人，想不到有神存在。"

我稍稍地抬头看了看SHIBA。SHIBA淡淡地说着，怪怪地笑着。"一个有意思的男人"，我心里这么想。

"下次你能把刺青图案给我看看吗？"

SHIBA莞尔一笑，用温柔的眼神对我

说"可以"。SHIBA的瞳仁是显得不自然的茶色，皮肤白皙，竟是和白人一样的浅色素人。我独自想着。

"高兴的话就打电话来，饰环的事、想问的事，只要有，就打电话吧，什么时候都可以。"

SHIBA说着，在小店名片的背面写上手机号码，递到我手上。我接过来道了声谢，笑着看一眼在那边挑选鞭子的AMA，就把名片塞到了钱包里。

"啊，还没付钱呢。"

看到钱包想起了付钱：

"多少钱？"

SHIBA说算了，一副没有兴趣的样子。我把胳膊肘挂在柜台上，手托着下巴端详起

SHIBA来。柜台里面的SHIBA坐在椅子上，有些烦躁似的躲避着我的视线，一直没有看我的眼睛。

"啊，我一看到你这张脸，S的血就不安分了。"

纹丝不动地，SHIBA说了这句话，眼睛仍然没看我。

"因为我是M。我有发散出信息了吗？"

SHIBA站起身子，终于看我的眼睛了。他从柜台里面望着我，像看一只小狗，目光怜爱。合着我眼睛的高度弯下腰来的SHIBA，突然用他那纤细的手指抬起我的下颌，微笑着说：

"这个脖子，用毛衣针儿一刺。"

是仿佛就要高声放笑似的表情。

裂舌

"是PSY[1]的S吧？"

SHIBA吊起了一侧的嘴角，难为情似的笑了。在"他是疯子"的感觉中，我唯一无法抹消的是想让这个男人蹂躏自己的欲望。我把胳膊放在柜台上，仰起脸，SHIBA就伸过手，来来回回地揉捏我的脖子。

"干吗啊，SHIBA，你别对别人的女人出手啊。"

把我们从意淫中唤回的是AMA央求的声音。

"嗯？我在研究她的皮肤啊，刺青的时候做参考。"

听了SHIBA的话，AMA"噢"了一声，

---

1 英文 pussy 的略写，女性阴部的俗称。

脸上的肌肉松缓了。我和AMA买了几个饰环，SHIBA就送我们出店了。

我渐渐开始习惯和AMA一起在外面行走。AMA的左眉毛上穿着三个4G的针形环，下嘴唇也对应地有三个同样的环挂着。仅仅这些就够显眼了，可他袖口中又有青龙腾出，加上火红的头发剃得短短的，活像一个莫西干人。

我和AMA是在一个只放低沉的多声道电子音乐俱乐部认识的。无须掩饰，我被他吸引了。到那时为止，我只去过专门播放Hip-hop[1]音乐的俱乐部，其实那也多半是陪

1　Hip-hop是20世纪70年代美国黑人首创的一种舞蹈音乐，并在既成的节奏上配以说念式唱词。80年代开始受到青年的普遍喜爱，渐渐成为主流音乐。它不仅作为音乐形式，还作为美国的街头文化被传播和接受。

朋友去的。在我看来，哪里的俱乐部都是一回事。那天，我和朋友出去玩，回来的路上一个英语口音不纯正的黑人和我们打招呼，我们就由他带着去了那个俱乐部。这次我才知道，虽说都叫俱乐部，可其中大有不同。包厢里一直放我没听过的曲子，我烦了，就到柜台去喝酒。在那里，我看到了AMA。

按我的话说，他在另类的客人中也是最扎眼的。我们的目光一碰上，AMA就大大咧咧地向我走来，让我惊异于这类人也献殷勤。毫无拘束地闲谈一会儿后，他的舌环迷住了我。是的，我对他那分成两股的细细的舌头着了迷。我为什么会被强烈地吸引，到现在我也不明白。从这种无意义的身体改造中我到底想提升出什么来呢？

裂　舌

　　我用指头点了点自己的舌环，那环在口中碰撞着牙齿，发出"咔嗒咔嗒"的声音，还有一点儿疼痛，但麻痹感基本上缓解了。

　　"RUYI，你戴上舌环了，已经向身体改造靠近一步啦，有啥感想啊？"

　　没想到AMA回过头问了我这么一句话。

　　"我也说不清楚，但是好像心里特别高兴。"

　　"是吗？太好了。我就想跟你同感同受啊。"

　　AMA说着，挺不讲究地笑了。也说不清楚是哪里不讲究，AMA一笑，那张脸就变成这种感觉了。也许是嘴一张开，下唇挂着饰环的地方向下垂的缘故。在我的印象中，像AMA这样的朋克青年不是吸大麻，

就是乱交，没想到其中也有不同的。AMA
总是很温柔地说一些和自己形象不相符的
话，也不知道有个限度。

回到房间后，AMA给了我一个惊人的
长吻，用他蛇信子般的舌头环绕着我的舌
环，舔着吮着，那令我身体震颤的疼痛给我
如醉的快意。和AMA做着爱，我合上双眼
想着SHIBA："'神的特权……'啊，多妙
啊，我要让你成神！"激烈的喘息在阴凉的
空间里回荡着。夏天，要是没有空调，我就
会汗涔涔的，可为什么没有空调的AMA的
房间却如此阴凉呢？是金属家具的缘故吗？

……

"你……你去冲澡？"

AMA的声音显得无助，我不自主地停

住了脚。

"嗯，冲冲。"

"一起冲好吗？"

我不假思索地答应了，可是看到就那么一丝不挂地走过来、满脸不讲究的AMA，立刻又变了心情："这么窄的浴室啊，我不喜欢两个人一起冲。"

我取下身上的浴巾，走进浴室锁上了门。对着洗脸池上方的镜子，我伸出了舌头。舌尖上挂着银色的环儿。这是身体改造的第一步。"一个月以内不要扩张。"这是SHIBA说的。啊，路还远着呢。

从浴室出来，AMA无声地递过来一杯咖啡。

"谢谢。"

AMA脸上泛起微笑，盯着喝咖啡的我，眼一眨不眨地看。

"RUYI，上床吧。"

依着他的话，和他并排躺下。AMA把脸埋在我的胸脯上，含住我的乳头。AMA特别喜欢这样，做爱前做爱后都少不了这个节目。也许是那"蛇信子"的关系，AMA的爱抚真是舒服无比。安心适意的AMA的脸实在是像一个婴儿，连我看着也唤起了一丝母性。我抚摩着AMA的身体，AMA抬起上眼皮看着我，幸福溢在脸上。看着这样的AMA，我也有了一点点幸福的感觉。这"朋克"倒蛮能给人抚慰。AMA真是个难以捉摸的男人。

"啊！什么！真的！疼——死了吧？"

这是好友真纪的反应。她难以置信地反复看着我的舌头，不住声地说："啊——疼死了吧？疼死了吧？"连她自己的脸也扭曲了。

"是咋个心理变化呢？竟戴了舌环！RUYI，你不是讨厌朋克和原宿[1]系吗？"

真纪是两年前在俱乐部里认识的有着关西女孩儿性格的小姑娘，我们关系一直很好，总是一起玩，她很了解我的喜好。

"嗯——不是最近认识了一个朋克嘛，是受了他的影响呢，还是……怎么

1　原宿，位于东京都涩谷区东部，江户时代为投宿与货物转运地，故而得名。近年来面向青年的店铺林立，另类青年亦常聚集于此。

说呢……"

"但是小姑娘上舌环还是少见呢。你先是上耳环就让我吃了一惊，这又是舌环！RUYI，这样下去，你不是也要变成朋克吧？"

"我不是小姑娘。"

真纪根本不听我说话，这个那个地满口都是对朋克的批判。确实是，和吊带衣裙、金色鬈发相配，舌环显得不协调，但是我想做的不是戴舌环，而是裂舌。

"真纪，文身，你怎么想？"

"文身，就是刺青？刺青很好啊，玫瑰呀蝴蝶呀，不是很可爱吗？"

真纪笑眯眯地说。

"不是刺那些，是龙啊部族的象征物啊

浮世绘什么的，不可爱的东西。"

真纪的脸罩上了云雾，"啊——"地大叫一声，"你到底怎么啦？"凑近我责问。

"是那个新认识的朋克让你做的吗？你和他好上了？RUYI，你该不会被他洗脑了吧？"

洗脑？或许是。第一次看到AMA的裂舌时，我分明感到原有的价值观轰响着，一瞬间就坍塌了。它是什么，会如何变化，我都不知道，但就在那一瞬，我被他那个舌头迷住了。被迷住了，并不是说我因此自己也想去裂舌。但是为什么我会如此热血沸腾呢？正是为了弄清原因，我才走上身体改造这条路的。

"真纪，你见见他？"

两个小时以后，我们在约会的地点见面了。

"啊，AMA。"

我摆着手，真纪沿着我的视线睁圆了双眼。

"妈呀，真的是那个？"

"嗯，那个红毛猴儿。"

"啊？真的？好吓人啊！"

渐渐走近的AMA发现了真纪，一脸愧疚地一步一步走到了我们跟前。

"这个……让你害怕了，对不起。"

AMA没有缘由地向真纪道了一阵歉，真纪很受用。看到真纪这个样子我也安下心来。我们在晚上的繁华街上绕来绕去，最终还是拣最便宜的居酒屋[1]进去了。

"我发现，和AMA君一起走，谁都给让路哎。"

"是啊，和他一起走啊，没有人骚扰你，也没有人送给你广告纸哦。"

"这么说，我不是挺有作用吗？"

AMA和真纪很快就融洽起来。AMA向真纪显示自己的身体改造，真纪就说真带劲儿，一百八十度大转弯地热烈地谈论起身体改造。

"这么说，RUYI也要这么改造了？"

"说对喽。全套的都做。RUYI，眉环和唇环你也戴上哈，咱们戴全了哈。"

1　居酒屋即小酒馆。酒水比较便宜，下酒菜种类多。客人亦饮亦聊，店内气氛热烈。

"不，我才不呢。我只想做裂舌和刺青。"

"可是，对不起，请你不要把RUYI带到朋克的路上去好吗？我和RUYI已经结了一生小姑娘的女儿同盟。"

"没有结盟啊。我也不是小姑娘。"

"你就是小姑娘啊！"他们两个竟然一齐冲着我叫。

我们三个醉醺醺地歪出居酒屋，大呼小叫地往车站走。

这是一条漂亮女孩儿备受瞩目的大街。正走着，两个流氓或者暴力团员模样的人进入了视野，他们就坐在店铺都已经关门闭户的街上。像以往遇到的情形一样，他们盯着AMA上上下下地看。AMA经常会被一些讨厌的家伙缠上：你瞪我了，你撞我了什么的，无缘无故地被责骂。这种时候AMA总是嘿嘿地赔笑说"对不起"。虽说是朋克的样子，可实际上却是一个脓包。

"小妹妹，这小子，你对象？"

半边身穿着大T恤的男人向我走过来，很不恭敬地说。真纪躲到我们背后，连眼皮也不敢抬，AMA也只是瞪着眼睛盯着，谁也指不上他的样子。我想不加理会地冲过去，那男人却不依，说："他不是吧？"就挡在了我面前。

"你是说我和他上床，你无法想象？"

那男人仍然面无表情，稍稍歪了一下头，就抱住了我的肩膀："我是无法想象啊——"说着，就漫不经心地把手伸进我连衣裙下的胸部。"今天我穿的是什么颜色的胸罩？"就在我头脑里冒出这么个问题的瞬间，随着"铿"的一声响，正扒着我连衣裙向里面看的那个男人，从我的视野里消失了。

一瞬间，我闹不清发生了什么，迅速地环视一周——那个男人已经躺在路边了，AMA两眼血红。喔，原来是AMA揍了那个男人。

"浑蛋！你他妈的找死啊？！"

被打那男人的同伙大喊着扑向AMA，AMA也让那个家伙吃了一铁拳，之后又骑到倒在地上那个人身上，让他仰面朝天，往他的太阳穴狂擂了好多拳。黏稠的血流了出来。那人没有了知觉，动也不动一下。

"啊——"

真纪看到血，惨叫起来。

"啊——"

我想起来了，AMA右手的食指和中指上戴着他喜爱的银色的指箍。猛地意识到这就是听到钝重声音的原因，我浑身立刻渗出了冷汗。"铿……铿……"骨头和银色指箍碰撞的声音。

"AMA！住手！！"

AMA一句也不回应，不知道听没听到我的话，只顾一下接一下地擂那个男人的太阳穴。吃了AMA一铁拳的另一个家伙见势不妙，慌慌张张地逃走了。

"不好！他会报警！"

我失声大喊起来：

"够了！住手哇！！"

裂 舌

我大喊着抓住了AMA的左肩，AMA的
拳头落到那男人的脸上。我闭上了眼睛。真
纪哭着。

"AMA！！"

我怒吼起来。AMA终于松了劲。看他
回过神来了似的，我舒了一口气，可是映
入眼中的是在那个男人嘴里乱搅和的AMA
的手指。

"你干吗？！你这个浑蛋！"

我去揪AMA的脑袋，拽他的衣服。就
在这时，我听到了远远的警笛声。

"真纪，跑啊你，快点儿！"

真纪苍白着脸点点头："下次我们三个
还……还一起玩……啊。"说着，摆了摆
手。想不到真纪还真有本事，醉成那个样子

还是跑着离开现场的。

晃晃悠悠的AMA用空洞的眼睛盯着我，直勾勾地。

"哎，你清醒点儿！ AMA！警察来了，快逃啊！"

我捶AMA的肩膀，AMA像平时一样很不讲究地笑笑，终于拔腿跑起来了。没想到AMA逃跑这么快，我被他拉着跑还呼哧呼哧直喘。跑到一条僻静的小胡同里，我们停住了脚，在AMA的身后，我瘫坐到地上。

"你干了什——么呀？你这个浑——蛋！"

我拼着全力说出来的这句话，使我自己也惊异于它的无情。AMA挨着我蹲下来，伸出血葫芦似的右拳，展开了手指，掌心上是两个一厘米长的东西。我立刻明白了，是那个男人的牙。

顿时，我脊背有一滴冷汗流下来似的，全身能称作毛的东西都倒竖起来。

"RUYI的仇，我给报了。"

AMA的脸上浮现胜利者的笑容。最令人感到恐怖的是，那笑容是少年天真无邪的笑容。说什么仇……又不是我被杀了。

"这玩意儿……我可不 —— 要啊 ——"

AMA抓过号叫着的我的手腕，把两颗牙轻巧地倒落在我的手心上。

"这也算是，我爱你的证物。"

我惊呆了，张着嘴，缩起了身子。

"在日本，这种爱的证明，行不通啊。"

我狂乱地抚弄着靠过来的AMA的头。

后来，我们俩如胶似漆地在公园里散

了步，AMA用自来水洗了上衣和手，两个人就像什么也没发生过似的乘末班电车回AMA的家了。一进屋，我立刻把AMA推进了浴室，又把无法丢弃的那两颗牙从化妆包里拿出来摆在手上端详起来。用厨房里的自来水把牙齿上的血冲洗干净后，还是放回了化妆包。说不定我惹上的是一个相当麻烦的男人。AMA是要和我一本正经地相处吧？我要是提出分手惹翻了他，说不定会被他杀了。

　　AMA从浴室里出来，挨着我坐下来，用察看的眼神看着我。见我不说话，就淡淡地自言自语地说了一声"抱歉"。

　　"我控制不了自己啊。我觉得自己是个温厚的人，但是一旦想到'杀了他'，就非杀了不可啊。"

这家伙是不是已经杀过人了？我不禁想。

"AMA，你已经是成人了，杀人是要获刑的啊，你懂吗？"

"不，我还未满20岁[1]呢。"

AMA面色认真地说，眼睛眨也不眨地看着我。我被这个AMA搞蒙了，我的担心显得傻里傻气的。

"你胡说八道吧？"

"真的嘛。"

"那我们见面那天你不是说24岁吗？"

"当时我猜你有这么大，迎合着说的。我不愿意让你觉得我是一个毛头小子。对

———————

1　日本人成年为20周岁。成人节是1月15日。

了，RUYI，你多大呀？"

"你呀，开玩笑也该有个分寸啊。我也未满20岁。"

"哎？"

眼睛睁得圆圆的AMA。

"真的？是吗RUYI？我怎么……觉得特高兴呢。"

AMA满面笑容地拥抱我。

"就是说咱们两个都'少年老成'呗。"

我推开AMA。这么说来，我们两个几乎完全不了解对方的事情，各自是怎样一个成长经历，还有年龄。也并不是回避什么，只不过这些没有成为话题。现在呢，我们都知道了对方未成年，但是话题并没有从这里展开，互相问问你几岁了什么的。

"哎，AMA，你的名字是什么汉字啊？天野？"

"什么天野呀？我这个AMA呀，全称是AMA DEUSU，AMA是姓，DEUSU是名。DEUSU听起来像ZEUS，就是天帝宙斯。牛吧？"

"哦。不想说不说也没关系……"

"我说的都是真的。RUYI你呢？"

"你呀，肯定想我是路易十三世的路易吧？实际上我是路易·威登的路易哦。"

"是吗？那你是一个高价女孩儿啊！"

后来，我们说的也都是一些疯话，手拿着啤酒，一直聊到天色放亮。

第二天中午过后，我到DESIRE店，和

SHIBA一起看了刺青的图案。

"你是想刺龙吗？"

进入"龙之页"，SHIBA身体前倾，仔仔细细地研究了那几十张龙的图案。

"嗯，非龙莫属啊。啊，这不是AMA刺的那条龙吗？"

"啊啊，是。形状略有不同，不过是这个设计。"

我坐在椅子上，身子靠着柜台看设计图案，SHIBA斜下眼睛看我。

"哎，AMA不知道吧，你来这里？"

我抬起头，SHIBA脸上浮着薄笑，正用怪怪的眼神看我。

"不知道啊。"

我这么一说，SHIBA换了认真一点的

脸色说："不要告诉AMA我给你手机号码了。"这句话让我明白SHIBA是了解AMA性情的人。

"哎，AMA这个人……"

刚一开口，我又闭上了嘴。

"AMA的事儿，你想知道？"

SHIBA眼皮上挑地看着我，歪着头说。

"嗯。还是算了吧，我好像不太想知道。"

"噢。"SHIBA兴味索然地应了一声就出了柜台，又出了店铺，不到十秒钟，又开门进来了。

"怎么，出什么事儿了吗？"

"来了尊贵的客人，所以关店喽。"

"是吗。"

我没兴致似的应一声，又埋头于图案。

之后，我们又到里面那间屋子商量具体的设计方案。SHIBA以惊人的速度潇洒地画着画，让我这个没有艺术细胞的人佩服得跪了。

"其实啊，我很拿不定主意。刺了青就一辈子带在身上了，所以呢，如果刺的话，我就想刺最漂亮的。"

我托着腮，用手指描摹着SHIBA刚刚画的龙。

"那是啊。虽说现在用激光可以给刺青脱色，可是彻底清除还不可能。不过我嘛，只要留出头发，这龙就可以隐蔽起来了。"

说着，SHIBA摸了摸光头上那条刺青龙。

"你不只是头上这一处刺青吧？"

SHIBA马上说："想看？"一脸的坏笑。

裂舌

我轻微地点了头。SHIBA脱下了长袖T恤。SHIBA的身体像一块儿画布，画满了色彩鲜亮的画。后背上有龙、野猪、鹿、蝶、牡丹、樱和松。

"啊，猪、鹿、蝶啊。"

"对。因为我喜欢花札[1]啊。"

"可是没有芽子和红叶啊。"

"就这么大个后背，刺不下了。"

哦，够随意的。不经意地，SHIBA在转向我的瞬间，一头动物闯进了我的眼中。

"这个，是麒麟？"

---

1 花札是咏花比歌游戏使用的纸牌。有松、梅、樱、藤、燕子花（杜若）、牡丹、芽子、芒、菊、红叶、柳、桐12种花色各四张，共计48张。花色不同所持点数的高低不同。猪、鹿、蝶三张齐备为大牌，此上再加入芽子和红叶，点数更大。

裂 舌

SHIBA右上臂上刺了一头独角兽，我的眼睛一下子钉在它上面不动了。

"啊，你认识？这是我最喜欢的动物，是神圣之物啊。它足不踏草地，口不食生物，应该说它是动物界的神啊。"

"麒麟是独角兽？"

"啊，它呀，是中国人想象出来的动物。中国人说麒麟有一只角，是包在肉里头的。"

"我就刺这个啦。"

我眼睛看着SHIBA的胳膊说。SHIBA低了头，没说话。

"刺这个麒麟的是日本最优秀的刺青师。我没有刺过麒麟。"

"那能不能请那位刺青师给我刺呢？"

"那个人，已经死了。"

045

裂 舌

SHIBA直视我扬起的眼睛，轻轻地吐了一口气，像美国人似的耸了耸肩膀，开口讲道："他抱着麒麟的设计图案自焚了。像芥川龙之介世界的氛围吧？大概是麒麟恼了，因为他把神圣的麒麟随便刺青。你要刺麒麟，说不定也要受到诅咒的。"

SHIBA抚摩着自己臂膀上的麒麟。我无论如何也管束不了自己的眼睛不去盯SHIBA的麒麟。

"而且，麒麟是鹿、牛、狼等好几种动物的集合体，光画它就够麻烦的。"

"我就要刺这个。SHIBA先生，拜托你了。"

"……"

"求你了。哪怕你先画设计图试试也

好啊。"

SHIBA啧啧地咂嘴，有些焦躁似的看着我，小声嘟囔一句"拿你没办法"。

"啊，太好了！谢谢你，SHIBA先生。"

"先画设计草图看看吧。背景什么的，有要求吗？"

我想了一会儿，又拿起刚才看过的那个图案夹。

"要这个。我想要把麒麟和AMA的龙组合在一起。"

SHIBA盯了好一会儿龙的设计图案，"哦，是这样。"声音小得如自言自语。

"刺麒麟我是第一次，做成一个组合会轻松些啊。我们设计一个流行的组合图案吧。"

"好啊。"我笑一下回答他。

"我想要和AMA差不多大小的、整个刺在后背上的，要多少钱？"

SHIBA"嗯——"地拉着长声，扬脸看着天棚说："干一次。"说完，就斜睨着我。

"这样啊，行啊。"

我斜眼回看他，SHIBA用毫不掩饰的S的眼神盯着我："给我脱了！"

我立刻站起来。抹袖连衣裙吸了汗贴在身体上，拉开拉链，凉爽的空气流向身体。连衣裙落到地面上。SHIBA向我的身体送来毫无兴趣的一瞥。

"你太瘦了，刺青之后要是发胖，皮肤一紧可就难看了。"

"没问题，好几年了，我的体重就没变。"

SHIBA把烟掐灭在烟灰缸里，一边解腰带一边向床边靠过来。他在床边停住脚，一只手粗暴地把我按倒，手掌按住我的脖子，手指寻到我的动脉，随即添上力气。

"太棒了，你这一脸痛苦相！让我兴奋！"

SHIBA的两腿上，各游着一条龙。他的兴致越来越高，甚至还用腰带把我的手捆在了身后。

"你不满足吧？"

"也没有。对方普普通通我一样上得来情绪呀。"

"什么？你在说我是普普通通就上不了高潮那种吗？"

"你上得去吗？"

"上不去。"

裂 舌

"求求你了，快进来吧！"

"闭嘴！"

SHIBA吐出这句话，揪着我的头发按到枕头上。他把我的腰朝上提高，回过神来，我发现我真的流了眼泪。

"给我使劲哭！"

我的眼泪又被引动了。我微弱地说了一声"到了"。高潮过后，满足感使我一动也动不了。这个结束，如从地狱被解放，如从天国被放逐。SHIBA立刻下床，穿上了短裤。我接住他扔来的纸巾盒，眼泪冲糊了脸上的妆。

我们坐在床上，背靠着墙壁，眼睛空虚地望着天棚吸烟，说几句"把烟缸拿来""好热啊"有一搭无一搭的话。这样坐了好一会儿，SHIBA终于坐直身子，轻蔑似的眼神转向我：

"你和AMA分手就给我做女人吧。"

我不自主地笑了：

"做SHIBA先生的女人我会被杀了。"

SHIBA还是那副表情：

"AMA还不是一样。"

我失语了。

"相处的话，结婚为前提啊。"

SHIBA说着，把胸罩和内裤扔给了我。我一边穿裤衩，一边想象起和SHIBA的婚姻生活。那一定是幸存者的一天又一天。穿上连衣裙，我下了床，SHIBA把从小小的冰箱里刚刚拿出来的听装咖啡拉开递到我手上。

"你这么好啊？"

"开易拉罐会弄坏你的指甲，我才帮你拉开的。"

我飞速地亲了一下这个SHIBA，说了声"谢谢"。

这句与这间暗屋子不相配的感谢话在空气中无着落地浮着。

我们返回到店内，SHIBA重又开了店门。

"这间店真是没什么客人来啊。"

"到这里的大部分人是来上饰环或者刺青的，所以基本上都提前预约，你看没有突然造访的家伙吧？"

"还真是。"

我坐在柜台里面的椅子上伸出舌头，用手指确认挂在上面的环儿。已经没有疼痛了。

"哎，上12G可以了吧？"

"还不行，现在这个你得戴上一个月左右。所以，上环的时候一开始就应该上12G才对……"

SHIBA不客气地说着，从台阶向柜台里望着。

"图案设计好了和我联系好吗？"

"啊。你要和AMA一起来呀，你就说去看看饰环，那时候我会若无其事地给你们看设计图的。"

"电话，请在白天打，在AMA打工的时间打。"

"好好。"

SHIBA回答着又转向货架的整理中去

裂　舌

了。就在我伸手拿书包准备回去的当儿，
SHIBA回过头来。我不自主地停下："什
么？"我的眼睛询问着。

"我，也许是神的儿子。"

"神的儿子？怎么像是说锯子[1]呀？"

"那玛利亚是受虐狂了？"

"那还用说。"

SHIBA嘟囔一句，又转向货架。我提包
走出柜台。

"饭呢？不吃吗？"

"AMA要回来了呀。"

"是啊。那回头见。"

SHIBA又粗暴地理我的头发，我拿过他

1　神子的日文发音为 Kaminoko，锯子的日文发音为 nokogiri，
　　有近似的部分。

的右臂，抚摩麒麟。

"画一个漂亮的给你。"

我以一个笑脸回应SHIBA这句话，轻轻地摆摆手转身走了。

店外已经是太阳偏西的光景了，新爽的空气差一点哽住我的呼吸。坐上电车，直奔AMA家。

从车站到家是一条商店街，拖家带口的鼎沸人声令我反胃，小孩子甚至撞到我慢步的双腿，看着我的脸跟没事人似的孩子妈妈，仰头看到我就哭丧了脸的小孩子……我啧啧地咂着嘴逃也似的催动了脚步。我不要活在这样的世界！我要在彻底黑暗的世界里燃烧自己！

回到AMA家，立刻把连衣裙扔到洗衣

机里转上了，因为DESIRE里有一种甘甜的香味，这香味一定吸进了衣服。洗上衣服，我就进了浴室，把全身仔仔细细地洗过，到房间里穿上AMA的T恤，快速地化了一层淡妆，吹干了头发，再把洗好的连衣裙晾到外面。终于可以喘一口气啦。就在这时，随着一声门响，AMA回来了。

"你回来啦。"

"回来啦。"

AMA满面含笑，我松了一口气。

"今天一整天都困得不行。"

AMA一边伸懒腰一边说。

那还用说，喝到早晨嘛。我这一天也是软绵绵的。

早上送走AMA，不知道为什么怎么也

睡不着，就给SHIBA打了电话。可以说这是按着我的意志不差分毫地走过来的一天。但是有一点，就是，就在今天这个日子，我额外地收获了麒麟。

那麒麟附到我身体上的日子还那么遥远。AMA是天帝宙斯，SHIBA是神的儿子，我呢，做一个普通人就很好，只是想待在阳光照不到的地方。听不到孩子的笑声和爱的小夜曲的地方就没有吗？

我们在居酒屋吃了晚饭，回到家后做了普普通通的爱，AMA就像死过去似的睡着了。我看着酣睡的AMA，独自饮着啤酒。和SHIBA做爱的事如果被AMA知道，他是不是会像揍那个脏男人似的把我揍扁呢？如果让我做出选择的话，比起天帝，我还是愿意让神子杀死。可是，神子一定是不杀人的。从床上垂下来的AMA的手上戴的那个粗厚的指箍闪着光。

为了分散注意力，我打开了电视。电视里尽是一些无聊的娱乐节目和乏味的纪录片，换了一圈台后就关了电源。AMA房间里的杂志都是男性时装相关的，电脑我又不会摆弄，无奈之中我拿起了报纸。虽然都是一些唠叨熟了的体育新闻，我还是过了一遍目，能够理解的只有日本每天都有杀人事件和风俗业不景气这类事情。可是就在我伸懒腰的时候，一条小报道跳进了眼睛："新宿大街上二十九岁的暴力团成员被杀。"我立即联想到昨天那个男人。不……那个男人的岁数还应该更大一些。如果他那张脸是二十

多岁的话，那不是说我和AMA与他一样老
了吗？大概是同样的事件在同一个新宿发生
了。我吐了一口气，继续看报道："被害者
被送到医院后死亡。犯人在逃中。根据目击
者的证言，罪犯是二十代后半的男性，红头
发，身高一米七十五到一米八十，消瘦。"
我合上报纸，把报道与AMA做比照。可是，
如果报纸上说的是AMA做下的那件事，那
么目击者就应该是死者的同伴。这样的话，
被举出的犯人的特征不就应该是脸上的饰
环和刺青吗？我想不明白。不过AMA一定
不会有事。我就这样生出了没有依凭的自
信。一定是和AMA差不多的男人杀了那个
二十九岁的暴力团成员，AMA打的那个男
人还活着呢。我坚信着，却抓起书包开门出

去，飞快地奔到二十四小时便利店，买回了脱色剂和灰色染发剂。回到房间里，把呼呼睡得正香的AMA叫醒了。

"嗯？RUYI，怎……怎么了？"

我使劲地打口齿不清的AMA的头，让他坐到了镜子前。

"什么啊？怎么回事啊？"

"什么事？什么事也没有。我要给你改换头发的颜色。我一直就不喜欢你的头发，恶心的红毛。"

AMA一脸闹不明白的样子依我说的脱下了衣服，只剩下一条裤衩在身上。

"一般来说，黑皮肤配红色显得很脏啊。AMA你呀，太缺乏审美细胞了。"

脱色剂一经调拌，强烈的气味扑面而

来。不知怎的，AMA满脸漾起了笑容。

"RUYI，你真好。以后啊，我一定好好培养培养眼光，RUYI你也多帮忙啊。"

AMA对此做了积极的解释。AMA一定感到很幸福。我"好啊好啊，是是"地应着，把脱色剂一点一点地涂到他头发上。并不是改变发色就万事大吉了，只是想把能改变的都改变了好一些。我把脱色剂分成两半用。涂第一遍，用电吹风吹干，红发就完全脱色变成了金发。但是以前我听美容师讲过，从红到与其大相径庭的灰等颜色，要特别注意，仔细、彻底地脱色，效果才会更好。把剩下的一半脱色剂调拌均匀，我又重复了一遍刚才的程序，这一回头发变成接近白色的金发了。再用电吹风把它吹得干干的，在上

裂舌

面毫无疏漏地涂上了灰色染发剂。困倦好像又袭上来了，AMA迷糊起来。AMA的样子实在是可怜，可是这也是我念着他才做的事情啊。涂完染发剂，用保鲜膜缠上，AMA睁开没神儿的眼睛朝我笑了：

"RUYI，谢谢你啊。"

报纸是给他看好还是不给看好，我考虑过，最终还是什么也没说就去卫生间洗手了。

"头发变成灰色的，会比以前帅一点吗？"

"以前我又没有说过你不帅啊。"

我说着，从卫生间探出头，AMA笑了。

"我呀，为了RUYI剃光头也行，衣服也可以配合RUYI穿小男孩风格的，如果你说让我做美白，我也干。"

"你可饶了我吧。"

其实AMA并不是不帅，只是眼神有点凶，我觉得应该说他属于帅气一类的。当然，刺青和脸上的饰环不是帅不帅的问题。AMA现在的心情我知道。我现在也希望被人从外观判断。如果这个世界上没有阳光照不到的地方的话，那么我要寻找把自己变成阴影的方法。现在我正在摸索。

染发剂涂上十分钟左右的时候，AMA开始抓耳挠腮了，"还没好？""还没完？"问了好多次。不是我不理解AMA，我是在为尽可能地脱红拼命努力呢。最后还是坚持了三十多分钟才取下保鲜膜，之后我用手指当梳子把头发搞得乱乱的。

"这是干吗？"

"让头发接触空气啊。这样颜色会深一些。"

检查完是否有染花的地方之后，我说了一声"好啦"，就把浴巾递了过去。AMA"哎——"地答应着，喜滋滋地进了浴室。到AMA出来为止，我一直在看那个报道。"不是AMA！""不可能是AMA！"我自己这样说给自己听。又不是特别地喜欢AMA，为什么我会这样拼命努力呢？我想了很久也没有答案。

给出了浴室的AMA吹干头发，定好型，AMA对着镜子扑闪扑闪地眨着眼睛笑。

"别闪了，好恶心……"

我一说，AMA又把腮帮鼓得圆圆地转过来看我。AMA的头发已经被染成了漂亮的灰色，就是灰的颜色，那个红毛形象无影无踪了。

"AMA，从明天开始给你加上穿长袖衣服的义务。"

"为什么呀，不是还热着呢吗？"

"住嘴。总穿这种宽大的短袖T恤，像个绑匪。"

AMA垂头丧气地答应"好的"。刺青非常打眼，也许因为那个男人是暴力团成员，警察出于谨慎而没有公布刺青的事？我有些神经兮兮了，又往深处想，又从后面看那个报道。绑匪感觉的衣服不许穿呀、要留头发呀、外表不要太扎眼等，我都向AMA提出了严厉警告。AMA对我如此严厉的态度大惑不解，可还是说"遵命，保证做到"，而且使劲地拥抱了我：

"为了RUYI，这都是小事一桩啊。"

这么说着话、拖拉着我上床的AMA怎么也看不出是杀人犯。不要紧，AMA永远是个傻呵呵的男人，永远会在我的身边笑。AMA在床上卷起我的小坎儿，吮住我的乳头。渐渐地，嘴巴松了力气，打起鼾。我放下小坎儿，关了灯，闭上了眼睛。黑暗之中，我祈祷AMA不要被抓走。

是向谁祈祷的我不知道，但愿有个神明能够保佑AMA。沉重的睡意向我袭来。

第二天，我被叫去当很久没做的宴会招待员了。中午一过，电话响了，说是今晚宴会招待员人手不够，问我能不能去补一个缺。我一沉吟，经理就大方地说付我三万日元。和ＡＭＡ认识后就在用ＡＭＡ的钱生活，我曾想再不去打工了，可是一想到挣来了钱便可以喝好酒去，就拖起酸懒的身体。这宴会招待员的工作有登录制加上当日付酬等简便的好处，半年前我就开始做了。虽然只是在大饭店搞活动的宴会上倒一倒酒，一次大概两个小时，能拿到一万日元。我的脸生得比较容易被人接受，这实在是太好了。

我有些迟到了。在饭店的大厅与经理和其他招待员会合的时候，经理盯着我，脸上绽着笑容说："很好。"在更衣室里我们领到了和服，我首先帮不会穿的女孩子穿好。开始这个工作后，看着学着，我就毫无遗漏地记住了和服的穿法。发给我的是红色调的鲜艳和服，穿在身上后又戴上了我自己的茶色直假发。以我这一头金色的染发是不能做一流大企业宴会的招待员的，而为此去染头发我当然也不愿意，所以，我总是带假发来。我正在往高梳拢假发的时候，听到了经理的声音：

"中泽小姐……"

好久好久都没有人叫我的名字了，这让我记起我还有这么个名字。

"啊，耳环……"

经理一脸抱歉似的说，我低低地"啊"了一声就去摘耳环。真是差一点忘了。其实，如果是普通的耳环，就不会被说什么，到底是0G的，与和服不相称，况且也要顾及这是一流企业宴会的面子。五个耳环都取下来装入了化妆包，一瞬我又看到了那两颗牙齿。如果那个报道说的是AMA引发的事件的话，那么警察会不会发现死者少了两颗牙齿呢？

"中泽小姐？"

又是经理的声音。我腻烦地说了声"什么？"转头看过去。惊异在经理的脸上铺展开来："中泽小姐，那……那……也是……环吗？"

我马上就明白他在说舌环。

"对啊。"

经理的脸困惑了：

"摘得下来吗？"

"啊，刚刚戴上的，我还不想摘。怎么……"

经理摇起头"可是……""嗯——"嘴里含混不清。

"没关系啊，又不需要大张嘴巴。"

我微微一笑凑近他一点，经理脸上的肌肉便放松了，小声说了一句：

"拿你没办法啊。"

这个经理好像很喜欢我，差不多所有的事情，只要我微微一笑他就答应了，所以我几乎被这里所有的女孩子嫉妒。

一进入宴会大厅，我们挥洒笑容，一手托着托盘，满场地给客人倒啤酒、倒葡萄酒……这一切都与以往别无二致。这是一个死气沉沉的立食宴会。转了一会儿，我和要好的招待员百合溜到休息室，一边假装整理空酒瓶一边喝啤酒，舌环的话题聊得特起劲儿。

"哎呀，吓我一跳，你真在舌头上打洞了呀？"

百合的反应和真纪差不多。

"是男朋友的影响吧？"

百合浅笑着竖出拇指[1]。

"差不多吧。比起男人，更觉得是被他的舌头迷住了。"

聊天从舌头进入了黄色区，我们大呼小叫，经理闻声赶来。一口气喝完最后一杯啤酒，喷了爽口剂，我们返回宴会厅。

在两个小时的宴会期间，我从精英人才手里得到了十三张名片，宴会结束后，就和

1　日本人以伸大拇指表示男性，伸小手指表示女性。

百合研究起名片。

"这个不错呀，是个董事。"

百合用假嗓一张一张品评着。

"哪儿记得住那些面孔啊，反正都是些老头儿，不是吗？"

明确地说，我对西装裹身的精英不感兴趣，他们对我这样戴舌环的女子大概也不会感兴趣吧。扮成性情温和的日本女性的我，在什么样的宴会上都有许多男人递来名片，可实际上我给他们留下的印象都是装出来的，非天然。身体改造完成之后，这个活就做不了了。我对着镜子看舌头，特想加速扩张它。

这场宴会结束后，我们又到另外的饭店去做了同样的工作，晚上八点解散。我和百合一起去事务所领取报酬，又同路往回走。我的手机响了，百合竖起拇指挑起眉毛笑了。电话是AMA打来的。难怪。我本来想给他留张字条或者发一条短信，结果都忘做了。

"喂，RUYI，你在哪儿？在干什么？"

AMA简直是要哭出来的声音连珠炮似的问。

"啊，对不起。突然被叫去做宴会招待，现在正在回家的路上。"

"什么？ RUYI，你去打工了？宴会招待？怎么回事儿？"

"你真烦，是登录制的零工嘛，不是什么不好的工作呀。"

听我对AMA"审问"避退似的回答，百

合忍住笑看着我。与AMA约好车站见后，我关了手机，百合笑出声来：

"怎么，是他？管这么严？"

"啊，是一个像孩子似的家伙，会发疯的哦。"

"那不是很可爱吗？"

百合这么说着，碰了碰我。"只是单纯的可爱就好了……"我犯着心思，叹了一口气。到站了，和百合道别。二十几分钟在电车里摇晃，现在我轻快地登上车站的楼梯。一到检票口就看到了AMA，我冲他摆手，AMA绷着脸也摆了摆手给我。

"我一回家，RUYI不在，也没有留下一张字条什么的，我以为你走了，简直急死了。"

进了烤肉店，点上啤酒，AMA一口气就说了这些话。

"不是挺好吗，可以奢侈一顿。"

AMA刨根挖底地问了工作的内容，知道没有什么不妥的事，才露出了平时的笑容：

"真想看RUYI穿和服的样子啊。"

AMA一边说一边往我的小盘子里加了柠檬汁。

烤肉好吃、啤酒好喝，实在是最理想的晚餐了。我最讨厌劳动，可是付出劳动之后的啤酒真的比平时好喝多了，只有这一点是劳动的乐趣。兴头上的我夸奖AMA头发的颜色好，连听他说没劲的笑话也笑了。没事了，AMA的头发是灰色的了。AMA幸福地笑着，没有一点令人不满的地方了。

热。

该死的，快到残暑了，还这么死热。

去DESIRE那天到现在快两个星期了。SHIBA终于打来了电话，说怎么也画不满意，奋战至今。他一股脑地说完了画设计图的辛苦之后，突然蚊子般小声说："想早点给你看啊。"

我的舌环已经扩张到12G。

第二天，我跟AMA说想看饰环，两个人就去了DESIRE。到DESIRE的时候，SHIBA等了好久的样子，马上带我们到里面的屋子，从桌子上拿过一张纸。"太棒了！"AMA大叫。我的眼睛也一下子长到了那张画上。我们的反应使SHIBA很满足，他像孩子夸耀自己的玩具一样"好吧，是好吧"地说着。

"就是它！给我刺上吧。"

我只看了一眼就决定了。这样的麒麟住在我的背上，只是想一想我就兴奋得颤抖。仿佛要从纸面上腾空而起的龙和前足高高举起欲超越龙的麒麟，它们作为我一生的伴侣再合适不过啦。

"好哇。"

SHIBA笑一下回答。AMA高喊"好极了"，抓住我的手。这样精彩的刺青图案设计真是踏破铁鞋无觅处。我们马上确认了刺绘的位置和尺寸：从左肩内侧起到整个后背，比AMA的小一些，即15 cm×30 cm左右。三天之后施术。

"手术的前一天不许沾酒。还有，尽可能早睡，因为要消耗体力。"

对SHIBA提出的注意事项AMA也"唉，唉"地点头跟着我答应：

"放心吧，有我照顾RUYI呢。"

AMA说着抱住了SHIBA的肩膀。愕然的SHIBA飞速看了我一眼，是做爱时那种冷冷的眼神。我向上翻着眼睛笑了，SHIBA抿着嘴也笑了。

AMA提议一起去吃饭。SHIBA提前打烊。三个人在街上一走，周围的人全给让路。

"哈，跟SHIBA一起走回头率很高啊。"

"是你抢眼哪，打扮得跟个抢匪似的。"

"你说什么？你不是朋克吗？"

"你们两个都够吓人的了。"

"你看，抢匪、朋克和小姑娘，奇怪的组合！"

AMA说着，打量着我和SHIBA。

"我说过多少遍了，我不是小姑娘！哎，我要喝啤酒，去居酒屋吧。"

我站到AMA和SHIBA中间，三个人横着在过往繁杂的闹市街上走。我们进了一间面向大众、价格便宜的居酒屋。服务生把我们领到座位上，别的客人瞥我们一眼就都悻悻地瞧别处去了。

我们用啤酒干了杯，刺青的话题便热烈地摆上桌面。从AMA的体验开始谈到SHIBA刚做刺青师时的辛苦，到画那张麒麟倾注的热情，后来两个人干脆脱光了上半身，这里的刺法如何如何，那里的浓淡怎样怎样，现身指着、点着地痛说不已。看着这样两个人，我整个人都沉浸在愉悦之中。这是我第一次看到SHIBA这样快乐的脸，是和我单独在一起时不曾展露的脸。S的男人也会有笑容满面的时候啊。"穿上衣服！""吵死啦！"我一边向他们发号施令，一边畅饮啤酒。了不起的设计图、快乐的晚宴、爽口的啤酒，有了这些，必定万事顺遂的。

趁着AMA去上厕所的间隙，SHIBA探着身子抚摩我的头。

"这个设计，你满意吧？"

我说"那当然"，就和他微笑着对视。

"我漂漂亮亮地给你刺上。"

SHIBA的话说得很有力量，我觉得和这个人相识真是太好了。

"在SHIBA先生的手中，这是轻而易举的事情吧？"

"我是神手？"

SHIBA伴着苦笑举起放在桌子上的手，伸张开来。

"给你刺青的时候，对你起杀心怎么办？"

SHIBA转回冷冷的眼神，盯着自己的手。

"那不挺好吗？杀就杀呗。"

我说着，一气喝干了啤酒，余光瞥见AMA往回走。

"我还是第一次这么想杀一个人。"

SHIBA话音刚落，AMA挂着不讲究的

笑回到桌边。

"厕所被吐得一塌糊涂，我都差点吐了。"

AMA的话使气氛一下转回原调。一个是为了我把另一个男人活活打死的男人，一个是对我抱有强烈杀意的男人。也许有一天他们中的一个会杀了我吧。

两天后，AMA把冰箱里的酒全部拿到厨房的柜橱里，上了链锁。我说：

"我又不是酒鬼，你何必呢？"

"你也差不多是酒鬼吧。"

AMA说着，把钥匙装到衣服口袋里。

"我不在的时候你可不许到便利店去买酒喝啊。"

留下这句话，AMA就打工去了。一天

不喝酒有什么呀，他拿别人当白痴……这么想着，我打了一下橱柜。可是那天晚上AMA快回来的时候，我的脑子里想的简直就都是啤酒了。是啊，这一阵子不是每天没黑没白地都在喝酒吗，只是没有意识到它已经成为习惯了。酒这东西还真是容易上瘾。这是我的再认识。AMA一进屋，我就"泄积愤"似的冲着他去了。看着我这个样子，AMA一副"到底耐不住了吧"的嘴脸：

"没错儿吧，我不是说吗，RUYI管不住自己，你总是泡在酒里。"

"你讨厌！我也不是非喝酒不行，我是一看到你的脸就气不打一处来。"

"知道了，知道了。好了，好了。我们不想酒，去吃饭，吃完饭就早早睡，明天有一场硬仗呢。"

让AMA来哄劝，真觉得失态。我一边准备出门一边想。晚饭没有酒，吃的是牛肉盖饭。对着甜叽叽的牛肉饭我愤怒不已，拼命地撒上许多七香粉。对这样子的我，AMA看着，像慈母看孩子一样。我腻烦AMA的目光，揪了他好多次头发。

回到家里，AMA不断地指示这指示那。八点钟我洗完澡，就让我穿上他的运动衫，硬逼着我喝下他放了一大堆砂糖的热牛奶，又把我拖上了床。

"睡得着吗？你想昨天是几点睡的呀！"

"使劲睡就睡得着。我给你数小羊啊。"

谁也没有请他帮忙，AMA就数起小羊来了。我没奈何，闭上眼睛。好像是快数到一百多头的时候，AMA突然沉默了，无声地紧紧地抱住了我。

"明天，我也一起去好吗？"

"说什么呢？你不是打工吗，明天。"

听了我的话，AMA趴在床上。

"不是我不信任SHIBA，可我担心，只有你们两个人嘛。"

我叹了一口气。

"没事的，SHIBA先生是专业刺青师，不是那样做事的人。"

我加强口气地说服他，AMA可怜兮兮地说了声："知道了。"

"可是你要注意啊，真的，有时候那个人在想什么完全看不出来的。"

"像你这样浅显易懂的人倒是少见呢。"

AMA无精打采地笑了。AMA脱了我的衣服，让我趴在床上，无数次地抚摩我的后背，亲吻我的后背。

"明天就有龙在这里飞了。"

"还有麒麟呢。"

"RUYI的皮肤白嫩，真是觉得可惜。可是刺了青，会更性感。"

AMA一遍一遍地爱抚我的后背，从后面进入我的身体。我也像以往一样嘟嘟囔囔地埋怨他，起身去洗澡。从浴室出来，AMA向我道歉，把我的身体上上下下犄角旮旯细细地按摩了。身体一轻松，意识就模糊起来，我感到睡意已经爬到了睫毛上。明天去之前，我要戴上10G的舌环。蒙眬中我打算着。

裂舌

一到DESIRE就看到店前挂着"闭店"的牌子。外面酷热，薄薄的连衣裙已经湿津津的了。店门没有锁，推开就和坐在柜台中喝咖啡的SHIBA四目相对了。

"欢迎！"

SHIBA大声欢迎着，招手叫我进去。进到里面的屋子，只见桌子上摆放着那张设计图，SHIBA拿起一只皮箱子，放在桌面上徐徐打开。我不认识里面的东西，但是看到各种各样的工具放在当中，有头上带好几根针的棒状的东西，还有墨什么的。

"昨天好好睡觉了吗？"

"被AMA逼着，八点就进被窝了。"

SHIBA扑哧笑了，往床上铺了一张

床单。

"衣服脱了，头朝柜橱躺下。"

SHIBA取出墨和刺针，看也不看我一眼地吩咐。我脱下连衣裙，解下胸罩，躺在床上。

"今天是刺轮廓，把形状全部搞定。如果形状有什么想变动的地方，现在还可以改。有什么要改的地方吗？"

我支起上半身向SHIBA转过头去。

"只有一个请求。希望你别给我的龙和麒麟刺眼睛。"

一瞬间SHIBA的脸被惊愕占据了，结结巴巴地说：

"你是说，不给它们，刺上瞳仁？"

"对，别刺瞳仁好吗？"

"为啥？"

"画龙点睛的故事知道吗？就是说那龙一被画上眼睛就一下飞走了的故事。"

SHIBA慢慢地点点头，翻着眼睛向棚顶看了一会儿才转向我说：

"原来如此。知道了，龙和麒麟都不刺瞳仁。但是这样一来颜面的构图就失衡了。为了弥补，就在眼圈上加明暗吧。这样可以吗？"

"可——以！谢谢你，SHIBA先生！"

"你这任性的女人！"

SHIBA说着坐到床边的椅子上揉了揉我的脸。SHIBA用剃须刀把我的胎毛从左肩到腰部刮干净，用纱布消毒后，用复写纸在左肩和整个后背画出了轮廓。画完后SHIBA

拿镜子照着给我看，问我可否。我"O—K！"一出口，SHIBA立刻从箱子里取出工具，是带着把柄的粗圆珠笔似的东西。这大概就是刺青机了吧，我想。

"哎，你看，我戴10G的了。"

我向SHIBA那面转过头，一伸舌头，SHIBA露出了那天最灿烂的笑容。

"舌头的进展也不错嘛。可是你不能太急啊，舌头和耳朵不一样，硬扩张会引起黏膜炎症，那就麻烦了。"

我"好好"地噘着嘴答应着，SHIBA的手指在我嘴唇上描摹着唇线，问"是不是很疼"，我"嗯"地承认了，SHIBA又抚弄起我的头。

"好了，来吧。"

SHIBA把手移到我的背上。他手上戴着橡胶手套，我感到有些凉。我使劲地一点头，后背立刻遍传了针扎的疼痛。这疼痛并没有我想象的那么强烈，可是每刺上一针，我的身体都会稍稍地绷紧一下。

"针刺上去的时候吐气，拔出来的时候吸气，你试试。"

按着SHIBA的指导呼吸，我觉得稍微轻松了一点。

SHIBA简直就像画画似的，嚓嚓嚓地刺着，刺了有两个小时，龙和麒麟的轮廓出来了。整个刺绘过程中，SHIBA一直缄默不语。我时不时转过头观察他，他头上渗着汗水，专心地一针接着一针刺。拔出最后一针，他用毛巾擦我的背，身体一伸展，脖子嘎嘎作响。

"你真是不怕疼啊。第一次来刺的人一般都是疼啊疼啊地喊个不停，特吵得慌。"

"嗯，我是不是感觉迟钝呢？"

"哪有的事儿，舒服的时候你叫得响着呢。"

SHIBA点了一支烟，使劲地吸一口，就让我叼住，之后又取出一支点燃才自己抽起来。

"这么温柔？"

一开他玩笑，SHIBA笑了：

"因为第一口最好抽。"

"瞎说，好抽的不是第二口吗？"

SHIBA什么也没回答，扑哧笑出了声。

"哎，想杀我了吗？"

"啊，没看我拼命地把心思集中到刺绘上了吗？"

我趴在那里伸手到烟缸上掸去了烟灰。烟灰松散，零零碎碎地跌到了烟缸里，有一些轻飘飘地落在烟缸外。

"不过，什么时候你不想活了，就让我来杀你吧。"

SHIBA把手放在我后颈上，我微微笑着点头。SHIBA闭着嘴笑了：

"那是奸尸吧？"

我缩起肩膀。就像"死人不语"这句话说的一样，人死了什么感想也不能说，对死人如何，不是毫无意义吗？所以，我特别不理解重金购墓人的心情。我对没有了自己意识的身体毫无兴趣。

"可是，我看不到你痛苦的脸还上得来劲儿吗？"

戴胸罩会很疼，就直接穿上了连衣裙。SHIBA裸着上半身一直在看着我。我想扔掉手里的纸巾，正在看哪里有垃圾箱，突然听到一点微细的声音。SHIBA好像也听到了似的，惊异的面孔转向店铺的方向。

"是客人？没锁门吗？"

"忘锁了。但是关着呢。"

SHIBA话音出口的瞬间，门开了：

"RUYI，我来了！"

"哦，正好刚结束。你没打工？"

若无其事地答话的SHIBA。如果AMA再早来十分钟，那会怎么样呢？

"我说我便秘就走了。"

"就是说你的工作可以因为便秘早退？"

我耸了耸肩膀说。

"店长会不高兴，不过总有办法。"

本想惹他不高兴才说的话，AMA却笑眯眯地回答。我若无其事地把纸巾塞到了床单下面。AMA看到我的刺青"啊——呀——""太棒了"地大叫起来，对SHIBA说了感谢的话。

"可是SHIBA，你对RUYI没做什么非礼的事吧？"

"放心吧，我对瘦女人没欲望。"

AMA露出了安心的神情。"哎——"AMA拉着长声这么一叫，怀着愧疚的我心一惊，急看AMA，SHIBA也是"嗯？"了一声皱起眉头。

"龙和麒麟都没有眼睛啊！"

我松了一口气，放下了肩膀：

"是我拜托这样刺的。"

我像对SHIBA解释的那样也给AMA说明了一遍，AMA使劲地点头：

"原来如此啊。可是，我的龙有眼睛，不是没飞吗？"

我敲了憨憨的AMA的头，他才帮我把连衣裙的带子系到肩上。

"这段时间不能泡澡，洗淋浴也不能直接浇后背。还有，用毛巾轻轻擦，搓不行。再就是消毒之后要擦上点护肤霜。消毒呢，一天两次左右。还有，不要让太阳晒着。一周左右会结痂，抓可不行啊。完全脱痂和消肿之后下一步刺绘才能进行。总之，脱痂之后打电话和我联系。"

SHIBA说完拍拍我的肩膀。"好——的!"我和AMA异口同声地答应着。AMA提议去吃饭,SHIBA说不当不正的时间不想吃,轻松地就回掉了。我们两个走出了DESIRE。

回家的路上,我拼命地扭头看后背,龙和麒麟都从连衣裙里隐约透出要飞翔的影子。对如此这般的我,AMA面部表情似乎很复杂。"怎么?"我的眼睛询问过去,AMA把视线从我身上移开,两个嘴角向下撇。对AMA的无言我用先行半步表示不满,AMA闹情绪的表情没改变,却上前抓住我的手,和我并成一排走。

"RUYI,为什么要穿连衣裙来呢?就穿

着一个小裤衩让他给刺绘的吧？"

这无聊的话令我蹙起眉头，AMA面有愠色低下头去。

"比起T恤，薄裙子会让我刺青后舒服些啊。"

AMA一直低头不语，拉着我的手猛加了些劲儿。站下来等绿灯的时候，AMA终于抬头看着我说：

"尿吗，我？"

看着神情懦弱又这样问我的AMA，我心中涌出了近乎同情的感情。面对这样一心待你的人，谁能无动于衷呢？

"有点儿。"

AMA的脸在那种神情之上又浮现出不好意思的笑来，我报之以孱弱的笑容，AMA

热烈地抱住我。在这繁华街上，过往行人都聚焦我们。

"臭男人，你讨厌！"

"有点儿。"

AMA更用力了。我呼吸困难。

"对不起。我想你知道的，我爱你。"

AMA终于放开我。他眼睛有些充血，像一个麻药中毒者。我伸手去抚弄他的脑袋，他又憨笑了。我们又迈开脚步。那天，我一直喝到醉倒为止，AMA高高兴兴地一直照顾我。那件事已经过去一个月了，AMA还在我身边。没事了，我说过没事的……我自己说给自己听。

我戴上了舌环，刺青完成之后裂舌再完成了，那时候我会想什么呢？如果过普通日

子的话一辈子都不会变化的东西，是我自己
主动去改变了它们，这既是违背神的意志的
行为，也是我相信自己的选择。我一直是一
无所有，一直什么都不在乎、什么都不责怪
地活到今天的，对于我的未来，刺青也好、
裂舌也好，也必将是无意义的。

　　我的刺青经过四次刺绘完成了，从设计
构想开始至今是四个月。每次刺绘SHIBA
都要和我发生关系，最后一次刺绘完成
那天，SHIBA竟用纸巾帮我擦了擦肚子。
SHIBA慢慢地张口说：

　　"我不想做刺青师了。"

　　他呆呆地望着天棚。我没有理由阻止
SHIBA，默默地点燃一支香烟：

"想像AMA那样守着一个女人。"

"这和不做刺青师有关系吗？"

"就是常说的人生的又一次出发吧。最高境界的麒麟刺完了，觉得没啥可留恋的了。"SHIBA揉搓着自己的脑袋叹着气。

"还是不行啊。我这个人经常会考虑换职业，你别认真。"

SHIBA上半身赤裸着，手臂上的麒麟简直就像君临一方的统治者，用锐利的眼睛看着我。

我的龙和麒麟也结了最后一次痂，脱了最后一次痂，完完整整地为我所拥有了。"拥有"真是一个好词，欲求颇多的我总是有占有欲。可是"拥有"又很悲哀。"得到了"就理所当然了，不再有得到之前的兴奋和盼望。比如盼望得发疯的衣服呀皮包什么的，一买到手成为自己的东西，马上就降为收藏中的一件，用过两三次就完了，一点都不珍惜了。结婚呢，也就是你拥有了一个人。事实上，即使不结婚，相处的日子长了，男人也会变得横暴。是"上了钩的鱼用不着鱼饵"的逻辑吧。但是，得不到鱼食的鱼非死即逃，只有两种选择。"拥有"竟然是这样难缠的东西。然而，人嘛，毕竟对人对物想去占有。大概所有的人都兼备受虐和施虐的特性吧。我背上的龙和麒麟已经无法和我分离了，我们之间绝对没有背叛和被背叛的可能。拿镜子照它们没有瞳仁的脸，我很安心。它们没有眼睛，所以连飞走也不可能的。

裂舌

刺青前10G的舌环已经扩张到了6G，每次扩张带给我的疼痛都让我觉得不能再扩了。扩张当天饭吃不香，心情烦躁，脾气都发给AMA。扩张当天我对自己的自我中心、万分任性得以重新认识。我的思考、我的价值观基本上等同于猿。

窗外景色寒凉。外面是干燥的空气的气味。十二月已经过去好几天了。不用每天出门上班的人对星期几没有什么感觉。

刺青做完有一个多月了。从那时开始，叫作活力的东西在我身上消失了。是因为冷吗？每天，我盼望着时间走快些，也不是说第二天早晨一到就有什么结局了，也不是出了什么问题。我就是没有活力。

早晨起来送AMA出门，回屋睡回笼觉，

裂 舌

有时候也去打打工，去和SHIBA做做爱，和朋友出去玩玩，但是自己的每一次行动都会引出叹息。晚上，AMA回来后两个人就去吃饭，喝酒，吃些佐酒小吃，回到家里继续喝，可以说我整个人浸在酒精里了。

AMA对打不起精神的我没有一点烦腻，而是担心不已。AMA故意做紧张的样子逗我，学机关枪对我喋喋不休地讲话……可到头来看到的还是我阴郁的脸。AMA急得突然哭起来，哀哀怨怨地说"到底是为什么呀"的时候也有。看到AMA如此情状，我会生出给他一点安慰这样小小的愿望来，但是这小小的愿望又总是被自我厌弃之情击碎。总之，我看不到一点光亮。在我的头脑中，生活和未来都暗淡无光。这些我早就知道。

我能够想象我惨死的景象，问题是现在的我没有对此付之一笑的力量。至少在和AMA交往之前我还想过，为生计我也可以去单间浴场卖身呀什么的，可对现在只能睡觉和吃饭的我，说要去和一个臭老头子睡觉，还不如去死了好。

到底哪一种想法健康呢？一种是即使在单间浴场卖身也要活下去，一种是如果需要在单间浴场卖身才能活下去的话就选择死。作为问题来考虑，后者是健康的；可是如果死了的话，健康不健康啊也谈不上了，那么应该还是前者健康吧？这么一来，可以说性爱满足的女人皮肤光泽明艳什么的，就算不健康也无所谓了。

裂 舌

　　我的舌环扩张到4G了。那天，舌头渗血，我没有吃饭，喝了满腹的啤酒。AMA说扩张的速度太快，可是我总觉得必须赶快扩张。并不是被通知得了癌症，到了晚期，可我就是觉得没有时间了。大概有时候人需要赶快活吧。

　　"RUYI，你想过去死吗？"

　　和平常一样，晚饭到外面吃，回到家后又喝啤酒。碰了杯后，AMA突然这样问我。听我说"经常想"，AMA低低地"是吗"了一声，就呆呆地盯着手中还残留着啤酒的玻璃杯看，他叹了一口气：

　　"即使是你自己，我也不许你动你这个身体。你想自杀，就让我来杀。我之外的任何人来左右你的生死，我都受不了。"

想起了SHIBA。

我想死的时候，拜托谁呢？谁能够把我杀得艳光四射呢？明天要去DESIRE。想到这里，我觉得自己有一丝生的气力了。

中午过后，我目送了AMA去打工，就为去见SHIBA化起妆来。我正想着化完妆就给SHIBA打电话，手机就响了。是读到了我的心吗？是SHIBA的电话。

"喂？"

"啊，是我。这会儿说话方便吗？"

"嗯。我正想去你那里呢。有什么事吗？"

"啊，这个，是AMA的事。"

"……什么事？"

"那家伙七月份没惹什么事吗？"

听了SHIBA的话，我觉得心口憋闷，一

下接一下地打那个男人的AMA出现在眼前。

"不知道。……你怎么问这个？"

"刚才警察来了，让把刺青的客人名单给他们看，又特别问了刺龙的人的名字。他们是不是在调查AMA我不知道，我手上的名单不记常客的名字，AMA不在上面，所以，即使调查的是AMA，也暴露不了。"

"……不是AMA的事，AMA一直都和我在一起。"

"是啊。抱歉。因为他们说是红头发的。不是吗，他以前不是红头发吗？所以我担心起他。"

"是吗……"

我小小声地说了一句，深深地吸一口气，心跳震动着全身，拿手机的手也细细地哆嗦着。怎么办？跟SHIBA说了呢？说了的话，就能轻松点，也可以听听SHIBA的意见；可是，说了，好不好呢？ SHIBA听了我的话，会去对AMA说吧？ AMA要是知道我看了报纸，会怎样呢？会去自首还是会逃走？每天待在AMA身边，又是这样一个浅显易懂的AMA，可是我对他的行动却一点都判断不出来。是啊，我以前又没有和杀人犯牵连的经历。如果觉得自己可能杀死人了，那么会想些什么呢？想自己的将来？想最爱的人的事情？想过去的生活？一定是许多东西一股脑地涌到脑袋里吧？可是这些我怎么会知道呢？我看不到未来，它有没有我都不知道。爱的人也没有。生活呢，每天沉湎于酒的我也不懂得。但是，有一点我清楚，那就是我现在的生活是一直和AMA在一起的，渐渐地我在把AMA看得很重。

"RUYI，你别往心里去，我不过是想到了就打个电话问问而已。今天，你来吗？"

好半天听不到我说话，SHIBA便这样宽慰我。

"啊，嗯。谢谢。今天，还是算了。下次再去吧。"

"……不能来吗？想说话，和你。"

"那……有心情了我再去。"

挂断电话，我在屋子里来回走，胡思乱想，烦躁得要命。又喝起酒。我打开和AMA说好一起喝的清酒，吹喇叭似的喝起来。这酒出乎意料地好喝，一整瓶就汩汩地流入腹中了，空空如也的胃渐渐积满了水。七百多毫升的酒喝干了之后，我把化了一半的妆补完，提起包出门去了。

"你好。"

"……怎么了你，这么苍白？"

扭头朝向门这边的SHIBA一看到我就皱着眉头一脸惊讶地说。

"太劳神了？"

对苦笑着问我的SHIBA报以苦笑。走到柜台前时，收银机边上燃着的香一下子冲进鼻子，我险些吐了。

"不是开玩笑，你不对劲儿啊。"

"怎么不对劲儿啊？"

"上次见面是什么时候？"

"不是两周前吗？"

"你从那时候到现在，瘦了几公斤？"

"不知道。AMA那里没有体重计。"

"你瘦得有点吓人了，脸色也不好，酒气熏天。"

我从货柜橱照见了自己。真的，玻璃照出的我像一只水蚊子，好难看……活得没劲还会出现这些症状啊。是啊，最近除了酒就没喝别的，吃的也只是下酒小吃而已。最后一次像样的吃饭是一个月以前吧？不知怎的我突然觉得好笑，就抽动肩膀笑起来了。

"是AMA没给你饭吃吗？"

"AMA总是说'给我吃，吃！'，烦着呢，可是我只要有酒就够了啊。"

"你要是这样，还没等自杀，就先饿死了。"

"自杀？我不。"

我说着，走过SHIBA，进到里面的屋子。

"我去买点东西来。你想吃什么？"

"那就买点啤酒吧。"

"啤酒冰箱里有。别的，要什么？"

"SHIBA先生，你杀过人吗？"

SHIBA"唰"地抬眼看了我一下。SHIBA的眼神十分锐利，我觉得全身都在痛。

"……是啊。"

SHIBA动了一下嘴唇，就抚摩起我的头。不知道为什么我觉得很悲哀，眼泪滚了出来。

"是什么样的心情呢？"

我的声音因为流泪颤抖着。

"很舒服。"

仿佛是在回答别人问泡澡是什么感觉似

的SHIBA。是我问的人不对吧……我一边后悔流眼泪，一边轻轻地说了声"是吗"。

"脱衣服吧。"

"你不是去买东西吗？"

"看你流眼泪我就兴奋。"

我脱了衣服，只穿着内裤向SHIBA伸出了手。SHIBA罕见地穿了一件白衬衫，下面是一条灰色裤子。解开腰带，SHIBA把我抱到床上，回应他居高临下冷冷目光的是我的下半身。可我并不是巴甫洛夫的狗……

"你，不想和我结婚吗？"

做完爱，我仍然躺在床上，SHIBA坐在我身边，点燃香烟问道。

"你说想和我说话，就是这个吗？"

"啊，是呀。AMA不是你能驾驭得了的

人，你也不是AMA能够驾驭得了的人，总之不协调，你们两个之间。"

"所以你就让我嫁你？"

"不，也不是。啊，和那没关系，反正是想结婚吧。"

SHIBA用这种冷淡的说法谈这件事，说反正想结个婚……这真是暧昧的求婚。SHIBA也不等我的回话就下床去穿了衣服，从写字桌里拿出了一个什么东西：

"给你做了一个戒指。"

SHIBA递给我一个银色粗面的戒指。是一个从指根到指甲中部的指箍，完全是朋克风格的。

东西做得挺有意思，关节处还能随着手指的动作弯曲自如。我把它戴在了右手的食指上。

"你做的？"

"啊。是按着我的喜好做的，可能离你的兴趣太远。"

"噢，你还有这一手？不过粗犷了点儿啊。"

SHIBA苦笑了。我说谢谢，亲了他。SHIBA有些腻烦，说声去买东西就出了屋子。

我回想起SHIBA的话。"不协调"是指什么呢？关系协调的人与人存在吗？有气无力之中，我考虑起结婚的可能性。没有现实的意味。现在我头脑中思考的事情、我眼睛看到的情景、夹在食指和中指之间的香烟，完全没有了现实的意味。我好像去了什么地方，从那里看着自己的样子。什么都不可信，什么都感觉不到。我能够实实在在感到自己活着这一事实，只有在疼痛的时候。

SHIBA提着便利店的塑料袋回来了。

"来，吃吧，稍微吃一点总可以吧？"

说着，SHIBA把猪排饭和牛肉饭拿出来：

"想吃哪个？"

"我不要啊。啤酒，我喝啤酒行吗？"

SHIBA还没有回答，我就起身从冰箱里拿出啤酒来，坐在桌子旁边的升降椅子上一口气地喝起来。SHIBA难以置信地看着我。

"这个样子的你我也觉得好。等你拿定了主意，就跟我结婚吧。"

"好——的。"我很有精神地答应一声，把酒喝干了。

天黑前我上路回家。外面冷风吹得紧。我到底能够活到哪一天呢？好像不会很久。回到家后，我把舌环换到了2G。使劲地往里一按，血水就出来了。疼。泪流如线。我到底为什么要做这种事情呢？AMA回来后，我又要和他吵吧。被疼痛搞得烦躁难耐的我，一口气喝干了一听啤酒。

那天AMA没有回来。肯定出了什么事情。同居以来，AMA不回家的事一次都没有过。在有我等待的屋子里，AMA一定回来。他是绝对准时准点的人，打工延时也一定来电话。对，没有一次这样的事儿。给他手机打电话，一声都没响呢就进入录音状态。我睁着眼睛迎来了早晨，睡出了两个黑

眼圈。怎么办？到底出什么事了呢？ AMA
把我一个人扔在家，他一个人到哪里、做什
么去了呢？ AMA现在在想什么呢？好像有
什么在悄悄结束，我有这种预感。

"AMA！"

在没有AMA的房间里，我的声音无情
地回荡着。舌环，已经戴上2G了，你快点
笑、快点笑啊。你说又向裂舌靠近一步了，
你笑给我看啊。我一个人把清酒喝光了，你
用吃惊的脸跟我生气呀！

我停止了胡思乱想，我让自己站起来，
我直冲出屋去。

"'寻人请求'，亲属之外的人也可以提
出吗？"

"啊，可以的。"

警察没有热情的样子让我烦躁。

"啊，提出的时候带照片来。"

我没有应声就出了派出所。我噌噌噌地走着，往哪里走自己也不知道。突然我停止了脚步，啊……"我，AMA的名字，我不知道啊！"我这样说出声来，马上意识到了事情的严重性。名字不知道，就是说我无法提出"寻人请求"。我仰起脸，又迈开了腿。

SHIBA惊异于我要拼命的样子，盯着我想要说什么。

"AMA叫什么名字？"

"啊？什么？突然问这个？"

"AMA没有回来呀。我要向警察局提出'寻人请求'啊。"

"没回来？是说昨天没回来吗？"

"是啊，昨天去打工就没回来啊。"

"不就一天没回来吗，你干吗就这么急。没事儿，一天不回家你用不着这么慌张，AMA又不是孩子了。"

对SHIBA抓不住重点的话我更急起来。

"我和AMA一起住到现在，AMA没有一次擅自住在外面啊。他是打工延长三十分钟都要打电话给我的男人呀。"

SHIBA不说话了，视线停在柜台上。为什么我会这样不安，我自己也不知道。是啊，SHIBA说得对，不过是一天不回家，没什么可担心的。可是，我非找AMA不可。如果要摊牌，也就是在这个时候了。

"AMA也许杀了人了。"

"那个，是警察说的那个暴力团成员？"

"是我不好啊。那天如果我不理那个男的，AMA也不会打他。万万没有想到他会死啊。看到报纸的时候我还想不会是AMA打的那个男人，一定是别人呢。怎么能是AMA的事……"

SHIBA抓住我的手，用力地握着。

"提出'寻人请求'的话，AMA也许会被抓住啊。如果AMA是逃了的话，我们装作不知道，他也许还能够逃掉。"

"……我担心AMA呀。他在哪里、在想什么，我不知道就很受不了。AMA，AMA想一个人逃跑，这不可能。真是逃跑的话，他绝对会对我说，一定会带着我一起逃。"

"……明白了。走。"

SHIBA关了店，我们去了警察局。

SHIBA很老到地提出了"寻人请求"，并递上了一张AMA的上半身裸体相。

"你怎么还有他照片呢？"

"嗯？啊，给他刺青的时候拍龙，两个人得意忘形乘兴多拍的。"

"是叫……雨田和则，对吧？"

警察一边看提出申请的那张纸一边确认。我第一次知道AMA的名字，哪里是叫AMA DEUSU啊。如果再能见到AMA，就从这儿"追究"他。一想到这里，泪又涌出来了。我无法止住眼泪。我是冷静的，可是就像泪腺出了故障，泪如决堤。

"……不要紧吗？"

SHIBA抚摩着我的头，可我仍然止不住泪水。我低着头走到警察局的入口，在等候室的椅子上坐下来哭。为什么，为什么你一下子就消失了啊？！我弯下身子哭得瘫软。一会儿，办完申请手续的SHIBA回来了。我视线模糊，泪水不断地涌出。擦也擦不尽，用大衣袖子一下一下地抹眼泪，像回到了孩提时代。我们坐出租车回到了AMA家。

"AMA？"

一开门我就喊。没有回答。SHIBA从后面抚弄我的头。泪水又滚滚流出。

进了房间，我跌坐在地板上哭起来。SHIBA坐在床上观察哭得涕泪涟涟的我。

"这是为——什么呀？"

我大叫着捶着地板。SHIBA送给我的指箍撞在地板上发出钝响。这声音又惹得我哭瘫在那里。到底为什么，为什么你把我扔下啊？眼泪止了，愤怒顶上来。我咬牙切齿，颌骨为此而疼痛。"咔"，一个不祥的声音。我用舌头去寻找，最里面的龋齿碎裂了。把残齿嚼碎，咽下——变成我的血肉吧！万物，也变成我的血肉吧！万物，你融化在我身体之中吧！AMA，你融化在我身体之中就好了。你在我身体里爱我就好了。如果你会在我面前消失，你变成我就好了，我就不会茹饮这孤独了。你说过你爱我的呀，AMA，你为什么把我一个人丢下呢？为什么？！为——什么？！

房间里，哭声在舞。打开和AMA共用的首饰盒，拿出饰环。我选择了升级的0G四角形环。一直看着我的SHIBA变了脸色。

"你！那不是0G的吗？昨天不还是

4 G 吗？"

我没有回头，对着镜子取下了2G，插入新环。舌头正中间插入处锐起锥刺般的疼痛。我一下子把环按到底，SHIBA伸手过来时，环已经挂牢了。

"你干了什么！"

SHIBA掰开我的嘴，急切地往里看：

"伸舌头！"

舌头一伸出来，血沿着舌面流到了地上，泪，也流到了地上。

"摘下来！"

我摇头。

SHIBA抚摩我的头。

"我不是说过不要急于扩张吗？"

SHIBA拥抱着我。被SHIBA拥抱还是第一次。怎么办才好我不知道，我咽下了溢出来的血。

"我扩张到00，就切开。"

我含含混混的声音像AMA不讲究的笑脸。

"知道了，我知道了，啊。"

眼泪停了。AMA要是看到我戴上0G的舌环会说什么呢？"太棒了！"会这么说，会冲我笑的。"就要成功啦！"肯定会这么说，会为我高兴的。

我喝啤酒。我一个劲儿地哭。我等着AMA回来。SHIBA一直看着我，什么也不说。

夜又来了。寒凉的房间。我颤抖着。SHIBA默默地打开空调，给僵坐着的我盖上了毯子。

舌头的血止了。眼泪断断续续地流。我一会儿伤心，一会儿愤怒，感情波动着。

七点了。这是AMA回家的时间。我每隔十秒看一次表，无数次打开手机给AMA拨电话，AMA的手机仍然是录音状态。

"哎，AMA打工店的电话号码你知道吗？"

"……啊？你不知道吗？"

SHIBA不可思议地看着我。是啊，我们互相之间什么也不了解。

"不知道。"

"二手服装店。你们真是，真是互相什么都不知道啊。这么说你还没有和店里联系？"

"嗯。"

SHIBA打开手机，唰唰地检索后送到耳

朵上听。

"啊，是我。是想问AMA的事。……啊，旷工？……昨天呢？……啊，也没有回家呀。……还不知道。……啊，有了消息就和你们联系。"

听SHIBA的话我知道没有得到任何线索。SHIBA关上手机，叹了口气。

"昨天正常上班下班了，今天旷工。打电话AMA也不接，店里很不满。AMA在我一个熟人的店里打工，是我硬拜托人家，才收他的。"

AMA的事情我什么也不知道。我一直想只要我看到AMA就够了。可是现在一无所知成了大问题。为什么我连他的名字、家里有什么人都没有问一问呢？

"AMA没有家吗？"

"不太清楚。好像只有单亲，他好像说过他父亲的事儿。"

我又哭起来。

"去吃点什么吧？我肚子饿了。"

这句话引得我哭出声来。好久了都是这样的，我每天泡在酒里，AMA总是说肚子饿，硬是拉着我出去吃东西。

"我……我就在这里，SHIBA先生快去快回啊。"

SHIBA没有回话，到厨房打开了冰箱。

"怎么都是酒啊？"

就在SHIBA找出盐渍鱿鱼的当儿，他的手机响了。

"啊！你的电话！"

我的声音好大，震荡着，把我自己也吓了一跳。我抓起电话扔给了SHIBA。

"喂？是。啊？啊……啊……啊。知道了。马上就去。"

SHIBA关掉电话，使劲地抓住我的肩膀，盯着我说：

"在横须贺[1]发现了一具尸体。是不是AMA还不知道，说是身上有刺青龙。让去尸体安置所确认。"

"……啊？"

AMA死了。在尸体安置所看到的AMA已经不是人样子，成了一具尸体……AMA

---

1 横须贺是日本神奈川县东南部的城市，位于三浦半岛东岸，东京湾入口处。原为军港，现在为美海军、日本自卫队基地。

这个人已经没有了。看了现场照片，我险些晕过去。AMA是受尽了折磨之后被杀的。曾经作为自己的"拥有"看待的人被别人如此折磨、残杀了！绝望！这种绝望，我迄今为止的人生中第一次体验到。AMA的尸体要送去解剖。我的AMA还要被切割！连愤怒都不能了的我麻痹的头脑无法接受！我还记得我对AMA说的最后一句话好像是"你去吧"。那是我背对着他，一边想着要去SHIBA那儿玩一边说的。

SHIBA多少次搀扶几乎倒下去的我，支撑着我。是啊，我的未来确实没有一线光亮。

"你坚强点！"

"不可能。"

"你吃点饭!"

"不可能。"

"你睡一会儿!"

"不可能。"

AMA的尸体被发现以来,我就住到SHIBA家接受他的照顾。这是我和SHIBA常有的对话。SHIBA总是啧啧地说:"这叫什么事儿啊……"

验尸结果出来了,死因是脖子被掐窒息死亡。通过各种查验,法医判明AMA身上所有的伤都是在活着的时候受的。烧烟疤的香烟全部是薄荷香万宝路。AMA、我、SHIBA、真纪,我们都吸这种烟。香烟的种类就是知道了又有什么用,倒是赶快抓住犯人啊。

刚知道AMA尸体被发现的时候，我想一定是那个暴力团成员的同伙干的，可是看到尸体就觉得不对了。暴力团会烧烟疤、往阴茎里插线香，留下查找证据的印记吗？杀也杀了，我希望把尸体沉入东京湾。我不想看那样的尸体。如果没有找到尸体的话，我会一直相信AMA还活着，我会一直抱着这没有根据的自信。是AMA杀了那个暴力团成员，可现在就是报道发现了犯人的尸体又有什么意义呢？AMA引发的那个事件，已经没有任何意义了。被害者死了，加害者也死了。

AMA的葬仪。

AMA的父亲看上去是一个好人，对与丧服毫不协调的我的满头金发，没有一个不满表情地接受了。在火葬场最后瞻仰遗容的时候，我没有再往棺椁里面看，我不想说再见。

我想在尸体放置所看到的AMA还活着，躺在棺材里面的是别人。逃避之外，我没有他法。我为什么这样痛苦？或许，我一直是爱着AMA的？

"什么时候能抓住犯人？"

"这个，我们也在全力搜查呢。"

"……什么？听你这口气是说我在逼你了？"

葬仪结束后，我去质问了刑警。

"RUYI，别这样。"

SHIBA制止了我。犯人还没有抓到，来参加什么葬礼？我按不住心头怒火：

"干吗？你的意思是说我逼你们了？你们这群家伙还有这权利呢？还是说什么，你们觉得我说去抓犯人很愚蠢？你们就是因为AMA杀过人，就偷懒不破案！你们都给我去死！你们都死了吧！死了就万事大吉了！"

"冷静点，RUYI！你语无伦次啊。"

我号啕大哭，瘫倒在地：

"开什么玩笑啊，死去呀，浑蛋！"

我词汇的贫乏此时暴露了出来，真惨哪！连我自己也知道，是多么惨哪，我！

AMA死后，五天过去了，犯人还没有抓到。我待在DESIRE，除SHIBA带我去了一趟医院外一直没有外出。SHIBA不忍目睹我的面容，说："我们两个一起照看这间店啊。"SHIBA多少次心血来潮想和我做爱，

可是掐住脖子我也没有痛苦的表情，SHIBA
只好放弃了。脖子被掐住的时候，比起痛苦
感我先想到的是"杀了我吧"。如果我把这
句话说出口，大概SHIBA会杀了我，但是
我没有说。是嫌用嘴把话说出来费劲，还是
对这个世界仍有留恋，或者是觉得AMA还
活着，我也不知道。只是我还活着，在这没
有了AMA的世界里过着无聊的一天又一天，
活在不能和SHIBA做爱的无聊日子里。我
现在连下酒小吃也不要了。半年前还四十二
公斤的体重变成了三十四公斤。吃东西再排
泄，真是一件麻烦事，可能的话我不想做。
可是只喝酒的我也排便，说是肠内的宿便。
"肠子里面总是有宿便啊。"我被带去的那家
医院的医生这么说的。那医生还用平静的

语调告诉我说："就这样瘦下去会死的哦。"医生劝我住院，SHIBA拒绝了。守着一个不能睡的女人，SHIBA是怎么打算的呢？

"RUYI，把那个货架子整理整理。"

我应声就按SHIBA说的去做了。把刚刚贴好价签的饰环袋归置到一起，拿到货架子上。SHIBA正在打扫店里的卫生。我的心头一振，可不是嘛，今年所剩没几天了。天气越来越冷，圣诞节的相关活动也接近了尾声。SHIBA是在做岁末大扫除啊。

"哎，SHIBA先生。"

"你呀，差不多该把那个'先生'拿掉叫我了吧？"

SHIBA觉得和我是恋爱关系吧。

"我的名字叫柴田木月。"

SHIBA的公寓名牌上写着，我早就知道。

"'木月'像女人的名字吧？不知道怎么着，大家都叫我SHIBA。"

"那我叫你什么好呢？"

"叫木月吧。"

像这样恋爱的两个人之间应该有的对话，我和AMA之间却没有，所以，我觉得有很多该做而没有做的遗憾事。多说一些平平常常的话就好了，比如有关家庭的、小时候的事，还有名字、岁数什么的。葬仪那天我第一次知道AMA 18岁，知道自己是和一个年龄比自己小的男人相处的。

这些都是他死后我才知道的。我19岁，比AMA大一岁。这本该是相识那天就聊到的话题啊。

"木月。"

我并不想这么称呼SHIBA。这样想着，却还是叫了。

"什么？"

"这个架子满了，装不下了。"

"啊，你看着处理吧，挂到旁边的架子上也行，硬摆进去也行。"

我把手边架子上的货推紧，把饰环口袋塞了进去。尽管是硬摆进去的，可看上去还是挺整齐。看到这些饰环，AMA又浮现在脑海。从上了0G到现在，疼痛已经消失了，可是我却没有了继续扩张的愿望，在没有人夸赞鼓励的今天，我的舌环还有意义吗？也许就像AMA说过的"同感同受"，我是想和

AMA同感同受才立志身体改造的。再扩张一次，就是AMA的可以开刀的00G。我一直盼着到了00G就切开舌尖。只一步之遥了，我那无法抑制的激情却死了。在AMA的激情也死了的今天，这舌环到底有什么意义？我回到柜台前的升降椅子上坐下来，抬头呆望着虚空。我什么也不想做。对所谓应该做的事情、对周围的变化，我丝毫没有兴趣。

"RUYI，你的名字，可以告诉我吗？"

"想知道？"

"想知道才问的嘛。"

"我的RUYI是路易·威登的……"

"我问你真名呢。"

"……中泽RUYI。"

"RUYI是你的真名啊。RUYI，你有家人吗？有父母吗？"

"我总被人家看成孤儿，其实我有父也有母啊。现在他们应该是住在埼玉吧。"

"是吗？没想到。什么时候得拜访拜访去啊。"

为什么我总是被看成孤儿呢？父母健在，和家里的关系也没有什么不融洽。SHIBA快活地掸扫着货架子。我看着SHIBA。一天就过去了。

第二天，我没有去DESIRE，去了警察局。早晨警察打来电话，说发现了新情况。SHIBA要外出，我就去了。我格外认真地化了妆，穿上AMA喜欢的连衣裙，因为天气冷，外面加了一件开衫和大衣。

裂 舌

"烧烟疤的香烟全部是薄荷香型万宝路。唾液的鉴定也在进行。"

弄清这些于事何用？我愈发地愤怒。

"这线索有什么意义呀？香不是到处都卖吗？"

"啊，也是。但是卖这种香的在关东地区[1]只有几家。另外，今天还有想问中泽小姐的事。"

刑警脸上闪过一瞬紧张：

"雨田是否有双性向行为？"

我愤怒到了极点。我十二分清楚刑警的询问并非恶意，可是我还是想用戴着SHIBA

1　关东地区指过去的关东八州。按今天的行政区划，包括东京都、神奈川、埼玉、群马、栃木、茨城、千叶七个县。

裂舌

做的指箍的手把他的脸打烂。

"难道你是说AMA被强奸了吗？！"

"……验尸的时候发现的……"

我"呼"地吐出一口气，陷入了回忆。

AMA的性行为一直非常单调，完全没有一点异常之处，他差不多每天都和我那样做爱，甚至是令我有些不满的单调。他和男人有性关系，那绝对不可能。说AMA被哪个男人强奸了，想一下都作呕。

"他没有那种倾向，我敢下断言，他绝对不可能有那种嗜好。"

我垂头丧气地走出警察局，为了把"毫无收获"告诉SHIBA，又朝DESIRE走去。说什么AMA被强奸了，我想都不愿想。如果和男人也有性关系的话，AMA

144

比起猫更应该做豹子。AMA不可能有那种爱好的。

打开DESIRE的门，对坐在柜台里吸烟的SHIBA有气无力地笑了一下。我没打算跟SHIBA说AMA被强奸的事。给AMA抹黑的记忆留在我一个人头脑里就够了。

"毫无收获。"

SHIBA像是学我的样子，也有气无力地笑了一下，"是吗"低语一句。

AMA死了之后，SHIBA对我变得温柔了。尽管还像过去一样言语粗暴，但是从表情和行动的细微之处能够感受到他体贴的地方变得多起来。SHIBA把我带到里面的屋子，看着我上床躺下了之后才返回店里。我躺了一会儿，觉得不喝点酒难以入睡，就起身打开冰箱，拿出廉价的红葡萄酒，对着瓶嘴喝起来。久违了的食欲露出了头儿，我把冰箱里的面包掰下一块儿，但是只吃一口，就被发酵粉的气味搞得差点吐出来。放回面包，使劲地关上冰箱门，一手拿着葡萄酒坐在桌旁的椅子上。从书包里拿出化妆包，我看到了AMA给我的、AMA说是爱的证物的牙齿。放在手心上，让它们骨碌骨碌地滚动。可是已经没有了AMA的今天，这两个爱的证物有什么意义呢？从它们这里我究竟在求索什么呢？自从AMA去了我够不到的地方后，我开始常看这两颗牙齿了。每次把它们装进包里的时候，都会产生一种接近于绝望的心情。什么时候，当我不再看这两颗牙齿了，是不是我就忘记AMA了呢？牙齿又被装入了化妆包。就在这时，一个东西跳入了我的眼睛——写字桌半拉开的抽屉里的一个细长纸袋。一瞬间，我预想到了最可怕的结局。我拿在手中的是麝香香型的Ecstasy线香！我站起来：

"我去买东西。"

SHIBA吃惊的脸：

"去哪儿？"

我没有回答SHIBA的问话，飞快地冲出DESIRE，跑向杂货店。

我气喘吁吁地回到DESIRE，SHIBA带着担心的神情抚弄我的头说：

"RUYI，去哪儿了啊？让我担心。"

"香，我买回香了。我，麝香，不喜欢。"

我从写字桌拿出麝香线香，全部放在一

起，连着袋子一齐撅折，扔进垃圾箱。

"买来椰子香型的了。"

我点燃一支椰香线香，插到香台上。

"出什么事儿了吗，RUYI？"

"没有，什么事也没出。对了，木月，你把头发留起来吧，我呀，喜欢长头发。"

SHIBA听着，笑了。如果是以前，他一定会说"闭嘴"，用冷冷的眼睛盯我的吧。

那天，我和SHIBA一起回家，还吃了一点饭。虽然不太舒服，SHIBA特别高兴，我也没有吐。

上了床以后，我一直陪到SHIBA睡着。SHIBA睡熟了，我到客厅里喝啤酒，又看了AMA爱的证物。在玄关侧面的架子上，我找到了锤子。把两颗牙齿用塑料袋和毛巾包上，尽可能不出声音地把它们砸碎了。我把牙齿的碎末含在嘴里，就着啤酒喝了下去。口中是啤酒的味道。AMA的爱的证物融化到我的身体中，变成了我。

第二天，我们去DESIRE上班了，两个人一起打开店门。我吃了SHIBA买来的面包，虽然只是一点点，SHIBA满足地看着我。

"哎，木月，有件事拜托你。"

"什么事？"

我脱下连衣裙，躺在床上。

"真的可以吗？"

我没有说话，用力点了头。SHIBA拿起了机器。

是的，是用那个像圆珠笔似的机器给我后背上的龙和麒麟刺眼睛。我的龙和麒麟就要有眼睛了，就要有生命了。SHIBA说了一声"来了"。和话音同时，我的后背绽开了久违的疼痛。刺青的时候，那时候的我，为什么要刺青呢？现在，我可以自负地说刺青有了意义。我自己为了生命，给我的龙和麒麟刺上眼睛。对，与龙和麒麟一起，拥有生命。

"今天哪，我做了一个怪梦。"

SHIBA一边给我刺绘一边开口说。

"什么梦？"

"过去我有一个很要好的朋友是搞街舞的，我们约好一起去玩。我呢，迟到了很久，那个朋友和他的伙伴把愤怒用歌唱出来了。我被他们五六个人围着，念唱着愤怒之歌。"

我吃吃地笑着偷看了一眼SHIBA。没事了，杀死AMA的不是SHIBA。强奸AMA的不是SHIBA。SHIBA不是犯人。SHIBA一定不会有事的。没有依凭的自信在我心里萌生了。

《文艺春秋》2004年第三期

文治
© wénzhì books

更好的阅读

特约监制　潘　良　于　北
产品经理　徐子叶　韩　帅
特约编辑　叶　青
版权支持　冷　婷　郎彤童
营销编辑　金　颖　黄筱萌
封面设计　沐希设计　王　媛

关注我们

官方微博：@文治图书
官方豆瓣：文治图书
联系我们：wenzhibooks@xiron.net.cn

图书在版编目（CIP）数据

裂舌 /（日）金原瞳著；秦岚译. — 成都：四川
文艺出版社，2022.10
ISBN 978-7-5411-6433-0

Ⅰ. ①裂… Ⅱ. ①金… ②秦… Ⅲ. ①短篇小说—小
说集—日本—现代 Ⅳ. ①I313.45

中国版本图书馆CIP数据核字（2022）第145970号

"HEBI NI PIERCE" by Hitomi Kanehara
Copyright © Hitomi Kanehara 2004
All rights reserved.
First published in Japan by SHUEISHA Inc., Tokyo.
This Simplified Chinese edition published by arrangement with
Shueisha Inc., Tokyo in care of Tuttle-Mori Agency, Inc., Tokyo

版权登记号：21-2022-285

LIE SHE

裂舌
［日］金原瞳 著　　秦岚 译

出 品 人　张庆宁
策划出品　磨铁图书
责任编辑　李国亮　王梓画
特约监制　潘 良　于北
装帧设计　沐希设计　王 媛
责任校对　段 敏

出版发行　四川文艺出版社（成都市锦江区三色路238号）
网　　址　www.scwys.com
电　　话　010-82068999（发行部）　028-86361781（编辑部）
印　　刷　嘉业印刷（天津）有限公司
成品尺寸　125mm×185mm　　　开　本　32开
印　　张　5　　　　　　　　　字　数　60千
版　　次　2022年10月第一版　　印　次　2022年10月第一次印刷
书　　号　ISBN 978-7-5411-6433-0
定　　价　48.00元

版权所有·侵权必究。如有质量问题，请与本公司图书销售中心联系调换。010-82069336